U0616155

大家
·
博物志
bowuzhi

植物的生命之书

写给花的情诗

[法] 西多妮·加布里埃尔·柯莱特 著

姜富霞 —— 编译

ZHEJIANG UNIVERSITY PRESS
浙江大学出版社

图书在版编目（CIP）数据

植物的生命之书：写给花的情诗／（法）西多妮·加布里埃尔·柯莱特著；姜富霞编译. — 杭州：浙江大学出版社，2019.4

ISBN 978-7-308-18178-5

Ⅰ.①植… Ⅱ.①西… ②姜… Ⅲ.①散文集—法国—现代 Ⅳ.①I565.65

中国版本图书馆 CIP 数据核字（2018）第 084768 号

植物的生命之书：写给花的情诗

(法)西多妮·加布里埃尔·柯莱特　　著

姜富霞　编译

策划编辑	张　婷
责任编辑	黄兆宁
责任校对	杨利军　李瑞雪
出版发行	浙江大学出版社
	（杭州市天目山路 148 号　邮政编码 310007）
	（网址：http://www.zjupress.com）
排　　版	杭州林智广告有限公司
印　　刷	浙江印刷集团有限公司
开　　本	880mm×1230mm　1/32
印　　张	8.25
字　　数	143 千
版 印 次	2019 年 4 月第 1 版　2019 年 4 月第 1 次印刷
书　　号	ISBN 978-7-308-18178-5
定　　价	45.00 元

版权所有　翻印必究　印装差错　负责调换

浙江大学出版社市场运营中心联系方式　　（0571）88925591；http://zjdxcbs.tmall.com

序言

PREFACE

对科学真知的探求，是人类社会永恒不变的主题。人类社会的进步发展也得益于科学的福祉。自 17 世纪中叶以来，东西方文明日渐分野，西方文明迅速走到了近代世界的前列。其中，自然科学在启迪新知、推动社会进步诸方面起到了举足轻重的作用，其中所蕴含的科学精神恰是人们的内在追求，这深深影响了一大批文学家。

在十八九世纪的文学家中，就有相当一批人集中描绘自然，尤其是主要以动植物为对象，表现出了自然与文学的完美结合，展现出别样的美感。但是，这批作品大多以手稿的形式出现，或散见在各种专著的附录之中，只有在整理作家全集的时候，读者们才能有幸一阅。除了《森林报》《发现之旅》等少数几部作品作为儿童文学广为流传之外，很多作品的影响力与作者的知名度完全无法匹配，因此，就有了将这批优秀作品重新整理翻译的必要。

为此，我们启动了以"博物志"为名的系列图书，遴选的标准是文学美感和博物科普性质兼具的作品，且多为遗珠之作。首批有梭罗的《自然的力量：有翅膀的种子》、巴勒斯的《博物学家的自然观察笔记》和柯莱特的《植物的生命之书：写给花的情诗》。对于梭罗，大家都熟知其著名的自然主义文学作品《瓦尔登湖》，但鲜为人知的是他生前曾留下海量手稿，其内容之丰富，令人叹为观止。这些手稿集中展现出他对大自然的向往。梳理文稿内容，我们发现了从自然农耕到野生森林，梭罗所描绘的动植物更具博物气息。巴勒斯，被誉为"自然文学之父"，他曾经从事多种职业，包括农民、教师、专栏作家。但是他自始至终没有放弃对自然的执爱，从而成为那个时代最受欢迎的作家。柯莱特作为法国著名的女作家、记者、演员和戏剧评论家，著作颇丰。瑞士出版商梅尔莫提议，定期送一束花给柯莱特。柯莱特便以花为主题，写出了涓涓文字。读罢这些文字，我们仿佛徜徉于花海，并沉浸其中，由此感受到一段美妙的时光。

时至今日，人们对自然科学的探求一如既往，对美的追求也与日俱增。于是，我们将这批名家作品重新编排，并配以同时代的彩色插图，让其在文学性上和艺术欣赏性上都有所提高，让读者在获得知识的同时，又能获得美的享受。

第一部分
花事

————————

CONTENTS

植物的生命之书　写给花的情诗

Chapter 1

花　事

玫瑰

花季中，百花争艳，她却不是开得最早的花儿。许多花儿早在寒风凛冽中就已经开放，像那鲜艳的报春花、妖娆的紫罗兰、清新的水仙、芬芳的委陵菜花、香郁的苔纲花、亮丽的黄色鸢尾花……玫瑰本不是早开的花，除非我们拥有魔法，或者生活在热带，更或者是在那景致迷人的普罗旺斯，否则我们怎能在春寒料峭的1月看到玫瑰的身影呢？

她不是开得最早的花，但是我却用她来作为开篇，这是因为我看到了大家对玫瑰的迷恋和热情，同时也因为战争的洗礼使她的身价暴涨，简直可以和菠萝、小牛肝相提并论。一位女士从花店门外探进头来，腼腆地询问道："这朵玫瑰需要多少钱呀？"

然而她并没有等到店员的答复就径自走开了,同时用手捂着自己的耳朵,喃喃地说着:"不要告诉我!"那是因为花店里的玫瑰是空运过来的,她绚丽地绽放着,就像是一个美人,有着美好的嘴唇、脸颊、乳房、肚脐眼,皮肤上涂了一层冷霜,一切是那么美好。尽管她挺立在不起眼的花枝上,但是却散发出沁人心脾的香味,像桃子的香气、茶叶的清香……这些玫瑰令人神往,但是却不可企及。玫瑰,你那昔日的情侣怎么都找不到了? 是到哪里玩乐去了吗? 就像那些年华老去、受尽冷落的情人,他们仅仅满足于歌唱你,透过明亮的橱窗凝望你。他们叹息着,贪婪地用语言描述着你的模样。在我看来,他们就像我一样,对你怀有瑕疵的幸福时代充满了怀念。我们想要的是那种天然没有修饰的你,要么有一处有一个小口,要么有一个地方有点发黄,然后我们再来精心地装扮你,除非我们更喜欢你自然的样子,能够包容你的缺口和发黄。一只金匠花金龟偷偷地藏在你的花心。你和萝卜有太多相似的地方,有太多的叶子和花骨朵,当一只小蜗牛顺着你的花枝向上爬时,你就像一位生了气的少女,浑身长满了刺。现在,花店里的匠人们开始为你除虫,用钳子除去你身上的刺,将那些瓢虫和蚂蚁驱除,只留下花瓣最里面不能触碰的两三层。

　　丝毫没有污点的美人呀,巴加岱尔公园里的你更是让我痴迷,拉伊玫瑰园里的你更是让我欢欣。温暖的6月,我会挑选一个风和日丽的日子去看你。虽然你被旋风卷走,但是我却深信你依然能够自由自在。在那里,我读到了你无数的名字,仅此而已,上帝啊,我转头的工夫就忘记了,我又何必要去探究你的来龙去脉呢?玫瑰,我在私底下给你取的名字更好听:小杏子、紫色的罪孽、雪儿、仙女、黑美人,除此之外,你还有一个广为人知的俗名——"情动美人白玉腿"!

在我的窗下,到处都是景致。几处水洼间,鸳鸯,布雷桑式的草坪,已经被修剪成球状的蜀葵和美人蕉,还有常年开放的玫瑰花丛,它们不幸经历了战争和霜冻,但是都有幸活了下来。每年它们都是要开花的,开了又开,在11月前的时候还会再一次开放。它们的美丽令人折服,就连那些以调皮捣蛋闻名的孩子也动了恻隐之心。有一丛玫瑰经过了特殊的嫁接,开出的花朵半黄半红。花儿开得重重叠叠。另一丛玫瑰不堪承受主枝上锦簇的花朵……如何向你说明呢……皇宫的这些玫瑰,格外神奇,就算是我已经见识过日内瓦式活水公园最美的时节,或许它们也会让瑞士玫瑰园滋长出一种嫉妒之情吧!那些花枝上的玫瑰,大小就像鸡蛋一样,会在不经意间突然绽放。巴黎市中心被喷泉囚住的彩虹被玫瑰唤醒了,我想要用最好的事物与你们相比较,但是在怎样的伊甸园中才能采摘到能与你们相匹配的花朵呢？……我认为我已经找到了。那些簇拥在小栅栏周围，从围墙上倾泻下来的玫瑰，几乎和你们一样美丽，就连园丁的小屋也被覆盖了，乡村旅店外的围墙也爬满了，到处都是。它们到处攀爬生长，为的是与我们在明艳的 6 月相遇，惊艳到我们的眼睛。这仿佛是一种上天的旨意，在这阳光明媚的日子，邂逅一位少女的孤独，一位喜欢遐想的老人的手以及他的充满灵性的园艺剪刀。

百合

百合，你只要一朵就足以代表天真。

我之所以要这样说，完全出于一种情不自禁，好像不得不说。每当人们看见一朵或者是几朵百合的时候，总有一些人会自然地吟唱马拉美的诗句：

百合！你只要一朵就足以代表天真。

我今天一个人在家，女儿来的时候给我带了一朵百合，看到它，我甚至差点忍不住叫道："百合！你只要一朵……"我有点心不在焉，声音也有点发懒，就好像将一位女友的帽子或者耳环戴在自己的头上、耳间。但是身边的人却表现得十分不屑，这令我

感到十分别扭,浑身不自在。我还想再试着念一次,使它更加顺利和流畅:

> 孑然挺立,在一束古典的光线下,
> 百合!你只要一朵就足以代表天真。

效果依旧不是很好,不要再勉强了。这首诗一定要由比我更热爱艺术的人来读才不会被辜负。原谅我吧,亨利·蒙多尔。是克洛德·德彪西的音乐保证了它的荣光。

要想起几个让我高兴的往昔的细节,我必须要追溯到久远的年代才行。正当《牧神的午后》受着人们的质疑,同时也被人们沉醉与依赖时,我在《蓝色杂志》(*Revue bleue*)中看到过儒尔·勒梅特(法国文学评论家、戏剧演员)对魏尔伦(法国诗人)一首小诗的解读:

> 希望像马厩中的一束麦秸闪耀着微弱的光芒……

这个阐释让人出乎意料,我没有忘记《女助教》一书里的作者幽默多于合理,而可笑又多过了幽默。他的手法和马拉美一样,分量也一样?对于这类的风声我并没有听到。我只听到围绕在世俗三人组周围蜜蜂的嗡鸣,在《牧神午后》周围隐晦的流言蜚语,人身羊足的山林之神和两个凌波仙子的安逸之乐已经被评论家指出,它们是一个奇怪的组合。

我和诗人本人并没有交往过,他曾经从我的身边走过,脸上长满了络腮胡子,既有可爱,也有尊贵。我从来没有见过埃里克·萨蒂,他总是对我的一个前夫用力地排挤。我从来没有见过莫泊桑,他执意要在喝完某顿所谓的"花酒"以后,纵身跳到马恩河里去,以免因为充血而身亡。我从来没有见过巴尔贝·道尔维里所形容的傲慢的长着鳞片的魔鬼……尽管如此,我仍然很高兴能够和他们成为同一个时代的人,就算不是朋友,而只是仅仅见过他们的人。对我来说,对于一张脸的记忆要胜过任何资料,额头、脸庞、嘴角以及绵延衰老的唇纹,还有像鸢尾花盛开的眼睛,它的色泽、瞳孔的瞳线,都让我记忆犹新,那张笨拙到不知道如何将自己的诗歌说出的嘴巴,但是我正是想从这样的嘴巴听到:

百合!你只要一朵就足以代表天真。

今天的这朵百合,我欠它一缕幽思,如今它就插在水里,立在我的壁炉上。它的花粉已经被卖花女用女工的剪刀修剪掉,整个看上去更加干净、残缺,甚至有一丝忧郁。在它之前的整个冬天,只要肯花钱,我就可以拥有绿百合,无数美丽的英国新娘都曾用它得到最美好的祝福。绿百合香气迷人,可以作为一种语言和请求,就像是一位求爱的桀骜不驯的少女。关于它我只知道这些,于是错误地认定唯有白百合才是真正的百合。这是一朵白色的花,肉嘟嘟的,身材窈窕,在这盛世中傲然盛开。可惜的是,总有叶甲前来烦扰它。叶甲是一种红脖子虫,如果你轻轻地将它握在手中,它的鞘翅就会立马发出一种细微的抱怨声。在花园里,园丁们一般对叶甲都不太在意,只有它们用粪便去玷污百合的时候,他们才会将这些叶甲全部除去。

菜园是种百合首选的土地,在百合的边上要种上龙蒿、紫大蒜和酸模。除此之外,几行整齐的生菜,一大片旺盛的胡萝卜,也都是它的最爱。在我小的时候,百合是花园中的主宰,因为它独特的芬芳和亮丽的光泽。每当我看见那些玷污它的叶甲,并对它们进行驱赶的时候,我的母亲茜多就会坐在屋子里冲我喊道:"把花园的门关上,这些百合简直让人无法待在客厅里!"

因此,她同意我把这些百合割掉,就像是割草一样,然后扎成花束,等到圣体降福礼的时候,将它们虔诚地摆放到玛利亚的祭坛前。教堂的空间很小,很闷热,孩子们都手捧着鲜花,那百合散发出浓浓的香味,在这种香味的干扰下,圣歌也难以持续下去了。有些信徒走出教堂,还有一些竟然睡着了,并且十分沉醉。唯有那祭坛上石膏塑的圣母像神态自若,她用垂下来的手指轻轻地触碰着鳄鱼长长的下颌,朝着脚边半开的百合宽容地微笑着。

栀子花的独白

　　白色烟草说六点钟……它说的并不算数,只有当我宣布六点钟的时候,才是真的六点钟。只有到了那时,我的芬芳才会弥散在各处,露台上,花园里,甚至整个世界。

　　快要六点钟了吗? 还不到……我才刚刚睡醒,我起床的速度总是极为缓慢的。我之所以迟迟不肯宣布,就是要确保我统治的明智和精确。夜晚的清晨已经将它的黑暗收敛起来,隐隐地在东方划开一个紫褐色的口子。

　　一天对我来说真的非常漫长。它延续的每一刻我都深深地屏住呼吸。傍晚的风在我的周围缓缓吹起,那些夜蛾子开始晃晃悠悠地飞翔。而我呢,在丰腴的、松松合上的花瓣间沉沉地睡去。我的外表看似有些许凌乱，这是我故意而为之，以免一些人会把我和平淡的茶花混淆起来。我一直睡着，就像睡着一团隐秘的香气，又白又浓郁。对扰人心智的其他白花而言，白天是一个特殊的时刻，绝不允许有丝毫松懈。那个时候，那些无知的少年、天真烂漫的少女、漫不经心的情人，都会随手将我们中间开花的一枝掐断，带着非常冷漠与不在意的神情，再将那折下的花枝插在腰带上或者是编到辫子里。那个时候，我还在沉睡中，并没有散发出气味。这是因为时间还没有到。等到六点钟！我就不再保持沉默，而将内心全部的狂热都宣泄出来。人们以为我是一朵橘子花，一个食用伞菌突然就附着在我身上。无知的少年致力于我教他的一门学科中，天真的少女变成了一只山羊，漫不经心的情人也满怀激情地私奔了，这样的夜晚是多么疯狂！

　　六点到了。我正在缓缓变绿的白色花瓣还能容忍，暮色朦胧，身边依稀有着隐约的白色烟草、暗淡无光的夹竹桃和海桐花、缓缓开放却怡然自得的寒丁子、硕大而有毒的玉兰果子——斯温伯恩曾经说"有一点污渍会更加美好"，指的一定不是它那有毒的果肉——美国木豆树的细雨，能够吸收海水的沙地百合，还有星星般璀璨闪耀的茉莉花。这些花夜间吐露着淡雅的芬芳，我都能够容忍，我确信自己没有对手，但是我不得不承认，有一个对手我确实自愧不如，每当这位对手一出现，无论是某些要下雨的夜晚，还是电闪雷鸣的午后，我这朵栀子花立马就像泄了气一样，拜倒在她的脚下。

即使我心甘情愿地叹服，她也并不领情。她清新怡人，她的花开得要比我持久很多。凭借这一点，她总是不断地炫耀，总是隐约地讽刺我老得比她快，说我的花开到第三天以后，就像是一只被人们丢弃在溪水里的舞会手套。

兰花

　　我看到有一只木屐,它的头很尖很尖,是用一种像玉一样的绿色材料做成的。在这只木屐的鞋尖上画着一只非常小的夜鸟,它有着一个尖尖的鸟喙和两只大大的眼睛。在木屐里面沿着鞋沿的地方有人种了一种银色的小草,但那是谁呢?无从知晓。鞋尖上也并不是空的,里面有一滴晶莹剔透的水珠,是一只手倒进来的,但那是谁的手呢?我依然不知道。这滴水和那天然形成的清晨里的露珠有很大的不同,就像是花店中人工喷洒的水珠。我用万能刀的刀尖将它挑过来。我的女仆也在,她什么家务活都不怕,剥栗子、削铅笔、把纸张折成方块、红萝卜切成片状,这些对她来说都是小菜一碟。我将这滴半透明、已经凝固了的水珠放在嘴里尝了一下，想要更好地去了解它。但是这时，我一个最好的朋友却在一旁高声叫了起来："天哪，不幸的人呀……"紧接着他又说了几句关于马来西亚植物毒液等非常玄乎的话。他认定我要为此而承受痛苦，这时，我利用放大镜好好地解读了一下兰花。

花是女儿送给我的，我低声简单地表达了我的谢意："这个植物这么奇怪，难道你就没有问问卖花女它叫什么名字吗？"

"妈妈，我已经问过了。但是她却告诉我，这花有一个非常不普通的名字，真的是非常特别。"

我嘴里一直含着的那滴小水珠并没有融化进我的舌头，反而让我感觉到一种生土豆的味道。

在那木屐的四周有五条手臂般的叶子，它们并不对称，并且呈发散的样子，颜色是绿色的，还混杂着一些褐色的斑点。一条和鸢尾花的花舌一样美丽的唇瓣，从手臂的下方缓缓地伸展开来，最初的时候是白色的，渐渐地竟然多出了一些紫色的斑点，那样子怪怪的，就像是章鱼的墨囊一样。然而我的兰花的确与章鱼有很多相似的地方，它虽然没有长着八爪，但是嘴巴却与章鱼惊人地相似，都像鹦鹉的嘴巴一样，也就是我刚才说的鞋尖的嘴巴……

然而只有五条手臂，那是有人让它假装是八爪鱼的缘故吗？

CYMBIDIUM ALOIFOLIUM

———— 纹瓣兰 ————

它是我们春日里酷似胡蜂的红门兰、模仿蜜蜂细腰翅翼的羊耳葱的曼妙姐妹。面对外面世界的奇观，我们已经非常坦然，不会觉得不可思议，我们也再没有那么强烈的好奇心。我不会因此而抱怨，今天我的兰花是一个梦，充满了诱惑。

CYMBIDIUM ALOIFOLIUM

谁将它另外的三条手臂砍掉了？这是怎样的命运安排呢？

让我们安安静静的。这朵花惟妙惟肖，它是多么令人叹服啊！它是我们春日里酷似胡蜂的红门兰、模仿蜜蜂细腰翅翼的羊耳葱的曼妙姐妹。面对外面世界的奇观，我们已经非常坦然，不会觉得不可思议，我们也再没有那么强烈的好奇心。我不会因此而抱怨，今天我的兰花是一个梦，充满了诱惑。它向我隐喻了木屐、章鱼、银胡子、枯血、猫头鹰……各种意象。我敢断定，她一定引诱过更加明智的造物。

但是在这里，我想跟你们讲述一位猎人的故事。他是一个沉着冷静的家伙，总是在没有人烟的地方狩猎美洲花豹，每天就好像例行公事一样。他虽然是一个猎人，但是他只猎取美洲花豹，只有在为了生存的时候才会打上几只肥鸽子。

有一天，他被当地赶猎物的同伴独自留在一条小路上，这条小路上经常有美洲豹出没。他等得实在无聊，抬起头的时候，看到上面有一朵开得正盛的兰花。那花形非常独特，像是一只小鸟、一只蝴蝶、一只螃蟹，又像是一个性器、一个魔法。猎人完全被这朵花惊艳到了，于是放下自己手中的猎枪，冒着危险向上攀爬，想要将这朵兰花采摘下来。等到他将兰花拿在手中的时候，一头精神焕发的美洲豹向他走来，可惜他两手空空，没有任何可以抵挡的武器。美洲豹被露水打湿了，只是做梦般地向猎人看了一眼,继续向前走去。

人们告诉我,从那件事以后,这位猎人彻底放下了猎枪,改行成了一位植物学家。我想知道,这位猎人改行的初衷是什么,是因为那只温和而没有伤害他的美洲豹还是因为手中的那朵兰花胜过其他任何猎物？这个选择永远地毁了他,因为在那些地区,人们总是要面临两种危险,并且无可避免地要选择更坏的一个。

紫藤的习性

　　紫藤，你这个至少活了两百岁的女霸王，总是以花团锦簇的形象展示在我的面前，我真的希望你还活着，并且永远能够保持任性恣意的姿态。她生长的地方，正是在我出生的那个花园的外面。她开得极其旺盛，倾泻到葡萄园路的上方。她的这种生机，在一位意外访客到来时得到了最好的证明。她是一位老妇人，头发花白，穿着一件黑色的裙子，表现得警觉又迷人。她敏捷地将紫藤全部拔起，从那条格外冷清的葡萄园路开始，一直到紫藤最长胡须所能触及的地方。我犯关节炎所以常常躺着，歇在沙发上。巴黎的紫藤花刚刚开败，那花朵的形状像极了蝴蝶，除了散发着芬芳的香气以外，还带有一种昆虫的味道，像是膜翅目昆虫、尺蠖蛾的毛虫或七星瓢虫的味道一样。这一切都从圣索沃尔-昂皮塞那边直接传了过来，让人感到意外。

事实上，这一株紫藤正好在我躺椅的上方，散发着浓香，那蓝紫色的花朵透着一种我非常熟悉的神气，于是我就会想起她的从前。那时候她的名声并不大，只是默默地生长在围墙周围窄窄的空间中，被一排栅栏挡着。她已经存在很久了，我母亲茜多刚结婚的时候她就已经存在了。她让我的记忆充满了芳香，尤其是五月疯狂盛开的花季以及八九月零星开放的星星点点。她最能招蜂引蝶，吸引来的蜜蜂甚至和花朵一样多。那声音格外响亮，就像是铙钹的声音，嗡鸣声不绝于耳，并且一年比一年严重，直到茜多看见重重压着藤条的花束惊讶地叫起来："啊！啊！"那就是紫藤将栅栏拔起来了。

在茜多的世界里，她并没有打算砍掉一株紫藤，于是更加助长了紫藤疯狂生长的气焰。我看到她把一长排的栅栏全部都拔起来，高高地举在空中，让它与土壤早早地分离开来。紫藤以不断扭曲的弹性，将她那长长的藤条缠绕在栏杆或者是树干之上，最后彼此都纠缠在一起。有时候，她的身边会悄悄地出现一株忍冬，开着红色的花朵，格外甜美。起初，她貌似并不在意，然后慢慢地却将这株忍冬掐死了，就像是一条长蛇盘旋在鸟儿的脖子上面一样。

她的这个举动被我看见了，我深深地体会到她毁灭的力量。我知道她是如何依附、窒息、倾覆、毁灭的。蛇葡萄是植物界中的一个小男孩，他从很小的时候就开始攀缘在紫藤身上……

　　我曾经在雷斯沙漠上游历过，在一个非常适合午睡和做噩梦的大晴天。以后我不会再去那里了，这个地方打造普通的梦魇，我害怕它会变得苍白。梦里有一个亭子，在它的旁边是一潭死水，水是浑浊的，周围丛生着灯芯草。亭子里摆放着几张已经坏掉的写字台，还有几个缺了腿的板凳以及一些不知名的家具残骸。我一直记得有一座少了一截的塔楼，它只是草草地修了斜向一边的屋顶。而塔楼的里边，楼梯是旋转式的，围绕着它的是一个个小小的单间，每个房间的空间都是呈梯形的……

　　哦，充满了约束和秘密的世界，每一个都是最佳的几何图形，因此，即使描绘雷斯沙漠少了一截的塔楼也是无用的。它里面的家具无一没有遭受过洗劫，对于那些残骸，我是该嘲笑还是该害怕呢？害怕它们其中的一个似乎会带着一点不吉的征兆……

　　突然，一块玻璃碎了，我因此而吓了一跳，然而我终于明白：一条植物的手臂，弯曲着，扭曲着——我几乎不费吹灰之力就可以断定那是紫藤的行为。她有着动物一样的习性，偷偷地探索，然后前来敲打，最后破窗而入。

郁金香

我，一种荷兰的花，郁金香。

……

可惜大自然，没有在像我中国花瓶一样的花萼中

倾入芳香。

这是一首十四行诗，遗憾的是，其他的诗句我都忘记了。尽管这首诗的作者是泰奥菲尔·戈蒂耶，但损失并不是太大。"郁金香"可以在《一个外省人在巴黎》中找到，巴尔扎克在那本书里让它出自主人公吕西安·德·鲁邦普雷的口中。那还是一位非常俊俏的少年，一心希望自己有朝一日能够成为诗人，享有至高

无上的荣誉。他本来想借着一本十四行诗集出名，但是结果与预想产生了较大的差距，他只得到了约瑟-玛利亚·德·埃尔迪亚的垂青。

巴尔扎克将大部分的精力都集中在散文创作上，只是偶尔会尝试创作十四行诗。对于他的诗作，人们并不排斥，但是他的那些诗人朋友，从来也不会将自己的诗作馈赠给他。就像泰奥菲奥·戈蒂耶，他也只是将一朵描绘的"郁金香"送给了他。

郁金香有着像天鹅绒一样丰腴厚实的花瓣，以及漫不经心、若有诗意的姿态。杰出的泰奥菲奥即使在非常微小的诗作中都能有敏锐的捕捉，更不用说这首诗了。

我就想以一个园艺家的身份和他争辩一下。问问他是否看见过这样一种郁金香，长得好像中国花瓶一样。如果那朵属于被称作"鹦鹉"的品种，那么说它长得好像鸡蛋，我是同意的。说它像一团火焰，那也是可以的；说它像彩绘花窗上的玫瑰也是可以的。如果炎热和怒放让它像车轮一样散开，漂亮的花瓣呈现疲惫的状态，那么说它像中国的花瓶，就非常奇怪了。因为花瓶的瓶肚大得出奇，那些天国的陶瓷工做得太过夸张了。我在约瑟-玛利亚·塞尔家见过一些从中国运送过来的陶瓷花瓶，大的甚至可以藏得下一个情人。从远处看去，就好像一个裸体的少女被砍去了头颅，至于说它可以让人因此联想到郁金香的圣杯模样……

来吧，我描绘的郁金香，快来与我为伴。来吧，那些像画成红色镶嵌黄橙色的复活节蛋的郁金香。你将肥大的臀部坐在花茎上，而心中却藏着青色的瘀斑，甚至在同一个地方，我们还能看见像罂粟一样红色的巨苞。

郁金香啊，当你们被人们成千上万地聚集在一起时，你们简直难以分清楚彼此，实在不能再像了，外形上，一样大，一样齐，每一朵都亭亭玉立。你们大片大片地散发着北泽兰的光彩。因为你们的规范，叶子也极其相似，长长的，简单整齐，呈现出一片青蓝色，甚至还会有点蔫……每次看见你绚烂的颜色，我都会涌起无限的敬佩之情，暖暖的，这一点我不得不承认。

有一段时间，一些时尚的要求和投机的生意想要将你们变成黑色，并且标出很高的价格，你的紫色越深，人们就会给出越高的价格。到了那饥荒的年代，人们为了生存，就将你珍贵的花苞煮一煮吃了。最近一段时间，你们被赋予了更加高尚的使命：被纳粹德国占领以后的春天，巴黎充满了复杂的情感、幽怨的苦涩、光复的希望，一种独特的抵抗方式在花店里的郁金香花球上表现出来——每盆三个。"夫人，买一盆郁金香种在公寓里？"3月很快到来了，那些花球的小芽挣破已经干枯的表面，但是长出来的并不是郁金香，而是带着彰显爱国主义色彩的风信子，那花色，一簇蓝、一簇白、一簇红。

PAEONIA MASCULA

———— 芍药 ————

这些花的花冠十分奢华，给她们多浇一点水，然后确实就有一点玫瑰的味道，但那绝对不是玫瑰的芬芳。她们有着健康的颜色——石榴红，带有伤感或者欢乐的玫瑰红、胭脂红，这些颜色能够让我的心情保持一星期的舒畅。

PAEONIA MASCULA

恶臭

来了,她们来了,你说闻起来味道像是玫瑰的芍药,她的到来预示着玫瑰就要开放。这些花的花冠十分奢华,给她们多浇一点水,然后确实就有一点玫瑰的味道,但那绝对不是玫瑰的芬芳。她们有着健康的颜色——石榴红,带有伤感或者欢乐的玫瑰红、胭脂红,这些颜色能够让我的心情保持一星期的舒畅。之后,她们的花瓣突然如火如荼地跌落下来,带着花儿的叹息任意飘散,这一点,模仿就是那骤然凋谢的玫瑰。她的凋谢并不是没有气味。我并不是对她抱有指责的态度,芍药并不像玫瑰的花香。芍药的味道始终还是芍药的味道。你们对我说的话一定不信,于是总要试图进行比较,以为美味的黄油会有榛子的味道,菠萝中存有白草莓的味道,而白草莓有碾碎了的蚂蚁的味道。

　　芍药就是芍药,她也只能拥有自己的味道,也就是鳃角金龟的气味。凭借着一种微弱而奇妙的味道,她让我们更好地联想到那些真切的春天带着的各种令人猜疑的气息,最后混在一起,却能让我们感到心旷神怡。丁香还没有开花的时候,它抽出黑桃尖似的嫩芽,与聚伞圆锥花序小小的许诺极为相似。丁香发出一种金龟子的味道,很难被察觉,直到它们盛开的时候,花朵们簇拥着,蓝色的、青紫色的、紫红色的、白色的,才能够弥散出氢氰酸的有毒的香气,充斥在郊区的火车上、地铁上以及婴儿的推车上。因此,我特别怀念丁香开花之前淡雅清香的味道,那还是褐色的嫩叶的味道,微弱地向四周飘散着,很难去捕捉,是有点香又有点臭的闪着金属光泽的鞘翅的味道。也许,你不想再喜欢我,不想再理我了,因为我借着春天的名义发表了这一通谬论。那好吧,我还是回到一些我注意到的其他细节,路边经常生长着野天竺葵,它被叫作"罗尔贝草",花蕾非常小,种子长得好像鹤嘴。看它的时候,你一定要小心,否则你的手指就会沾染上一种刺鼻的气味,并且非常浓烈,会让你感到极不自在。而我呢,我总是会故意去触碰它那紫红色的茎叶,这给我遐想的空间,想起了我的一只母猫,用它深褐色毛皮传递神秘的信息——它过来闻一闻,然后跑开了,等到再次回来,却又摇着尾巴有一些迟疑。最终它的那些小把戏也在一阵小心抑制住的恶心中结束。关于罗贝尔草，我不想把谈论的话题扯得更远，我还可以列举很多你们多数人讨厌的植物的名字，而我却喜欢用指甲去掐它们，然后再去嗅它们的汁液，例如白色的大蓟汁液，赭石色的被叫作"乳草"的白屈菜染成的草汁。

一株名声并不太好的草传出一种刺鼻性的味道，这种草有点药性，有点毒性，但是这种刺鼻性的味道却是我喜欢的，并且超过了对接骨木平淡味道的喜爱，甚至也超过了康卡勒小路上让我们肃然起敬的女贞树花团锦簇的柔情蜜意。对于黑甜樱桃树树皮散发出的味道，你持有嘲笑的态度吗？天呀，我倒是觉得它的味道闻起来挺不错的。但是，很多装在瓶子里的香水的味道却令我感到极其失望。与之相反，大自然的气息却带给我一种特殊的感受。夏季暴雨过后被风雨摧残的树叶，落潮以后所散发出来的碘的味道，菜园里熏人的各种气浪，由一大堆垃圾腐烂所引起的气味，与黑茶藨子的残果、被拔起来的茴香以及大丽花旧年的茎秆所散发的气味结合在一起，这种味道对于有着独特嗅觉的我是何等的熏香呀……

我到底想跟你说什么呢？芍药花所散发出来的香味不是芍药的芳香，不是玫瑰的芳香，而是鳃角金龟的味道？那么丁香花呢？如果它离我们的卧室太近，是不是就变成了一个散发着氢氰酸味道的情人，庸俗不堪呢？艾菊，植物学家口中散发臭味的艾菊和蓍草让我感觉格外神清气爽，甚至心神愉悦，相反，天芥菜芳香的味道和它浅紫色的花让我恶心、不舒服。哦，我的天呀，本不必浪费这么多语言来描述的，现在终于写好了。

"浮士德"

　　这个名字对它来说,非常适合。在它刚译出来的时候,简直非常轰动,这不仅是因为流行的时尚,同时还因为它非常奇怪。黑三色堇"浮士德"几乎可以从半个世纪以前说起。那个时候古诺①的乐谱已经传播到了外省。我的两个兄长在我们的村子里教授《浮士德》,所使用的乐器也是村子罕有的几件,是我们老式的奥谢尔钢琴②。"您好,最后的早晨!……您难道不允许,我漂亮的小姐……我看到船只经过……"这是 1948 年的某一档广播节目,似乎经常会勾起我们对过去的回忆。

---

① 法国作曲家,1818—1893。
② 一种折叠钢琴,最早由法国奥谢尔兄弟生产。

每次我们听到女高音的时候，都会情不自禁地颤抖，尤其是乐声高低起伏的激动时刻，难道不是这样吗？

"浮士德"，黑三色堇，在复活节的时候来拜访我，它就在我的桌上，那黑色简直同我的黑天鹅绒外套一样。每当它接触到阳光，就好像有星空中的灰尘渗透其中，在全黑的底面上竟然泛起一丝蓝色，不，准确地说应该是紫色，不，又好像是蓝色，看着它那质地，我们不禁又会赞叹："哦，这天鹅绒般的颜色……"之后呢？就再没有下文了，因为我们来描绘天鹅绒仿佛也就只有"天鹅绒"这一个词，不管它是不是指黑三色堇"浮士德"，指它五瓣如一的黑色，就好像亚马孙河边展开的蝴蝶翅翼。

我非常希望能够将自己渊博的昆虫学知识炫耀出来，那个永远都没有机会站在岸边看到亚马孙河的我，尤其是在难以记起这种蝴蝶的名字的时候。

"浮士德"，凭借着三色堇的模样，在我家乡花园凸起的土堆上出现，在水泵、蒙莫朗西樱桃树和白蜡树之间出现。我们的朋友前来观赏，都被它的黑所震撼，感叹道："能给我留一点种子吗？哦！这天鹅绒般的花瓣！……"每一朵黑色的花中央，都有一只明亮的黄色眼睛在注视着我们。

等到拜访的人一走，我母亲茜多就不再理会"浮士德"了。她有各种朝三暮四的喜好，一点也不向我掩饰。这一大片花就像是葬礼上的点缀,蓝色的乌头,红色的除虫菊,毛茸茸的藿香蓟,一株在兴头上爬到胡桃树顶、忽然又想要下来的深色铁线莲都要比它惹人喜爱。不必刻意追求"浮士德",它死气沉沉的,一花坛的三色堇就应该恪守传统,保持丰富多彩的颜色,就像那些开得又大又漂亮的半黄半紫的脸,那些已经点染了红胡子的白面孔,那些呈现出柠檬色的蝴蝶花,那些在同紫罗兰争相斗艳的堇菜,尤其还有一种是茜多最喜欢的,就像是亨利八世下巴上长着一把大胡子,胖嘟嘟的,所有的花都在同时宁静地端详着你。

"你看看它们,几乎和我的手一般大!"茜多对着我说。

那是因为她的手是小的。

但是在结束的时候,她这样说:"大同小异,但是非常庄重,欣然自得,眉毛又特别凶,败得也非常快……总之,这就是所有皇室成员的特点。"

金盏花

　　"烦恼、烦恼……"①

　　每当听到有人叫它的名字，它就过来了，因为自己有着花和痛苦的名字而感到骄傲。它跑着，叭喇狗摇着全是褶子的天才额头和竖在那里像马蹄莲一样的耳朵。它对于服从十分热衷，这给了它很强的个性以及在选择和表达方面极大的自由。它总是希望能够迅速理解我的意思，即使我的话还没有完全地说完。才一见面，它就已经宣告即使绞死某人还嫌浪费绳子，或者这个人还会有一丁点的用处。它嫉妒一只名为"最后"的母猫，但是

---

　　① 在法语中，"金盏花"和"烦恼"是同一个词（souci）。

在我面前,它却想要将自己的嫉妒掩饰起来。阖上眼睑,七公斤以下级第一名的叭喇狗的眼睑,那金石般闪亮的眼睛就完全被盖住。但是它知道,我并不是愚蠢的,或许认为我前世和它一样是一条叭喇狗,它需要提防我,也需要蒙骗我。可是除了自己最心爱的人,我们还会故意地去骗谁呢?"烦恼、烦恼……"已经拥有这样一个好名字的你,皱着眉头,心跳也不再整齐,大口地喘息着,显然一个梦被打断了,母狗"烦恼"左前边的爪子颤抖了一下,它被一个邪念重重地压了一下。那挥之不去的邪恶抽打着它的灵魂,而它敏感的神经也饱受折磨。这只因为我而受苦的母叭喇狗,为等待受苦,为缺席受苦,为爱受苦,所有的一切都是一样的。它努力地抑制着自己,不让肉体上的痛苦流露出来,神情中似乎有着几分洒脱和倨傲。一只爪子被碾碎了有什么关系?那不算什么。一个伤口,一根刺入肉中仙人掌的刺?那就更算不上什么了,还有在搔刮牙垢的时候,因为那些排列不整齐的牙臼而被刮到,简直连哼都不会哼叫一声……那个取了好名字的"烦恼",尽管心里是这么想的,但是现在它已经不在了。

2月份的时候,我的一个朋友送给我一束花,他已经开始喜欢"烦恼"。这束花是一束扎得非常紧的黄色金盏花,没有夹杂任何一种其他相似颜色的花朵。每年我都要将它们培养在一个陶瓷花瓶里,古朴耐看,好好地幸福上几个小时,只要它们还没有腐烂，就会一直养着。这个花瓶实际上是一个非常大的瓷罐，平时就是用来盛放黄油的。"烦恼"并没有坟墓，只是在我的记忆中它一直都在：关于它的美德，没有任何墓碑和墓志铭能够完全表述，它那短暂的一生甚至连生卒日期都没有。但是我和金盏花记得它，并且在心里默默地怀念着它。

然而这个金盏花的花心，那一抹金褐色引起了我的关注，正好就像那一道金石般含情脉脉的眼神。

金盏花是一种黄色的圆形小花，六七排窄窄的羽绒状花瓣，边缘呈锯齿状，紧紧地围饶在雄蕊四周。金盏花的名字并不能让我联想到母狗"烦恼"，因为它们只是花，对于我和"烦恼"之间漫长而完美的友谊来说，是无法象征和表达的。

蓝

　　蓝色的花朵比较少见，万物的创造者将它赐予我们的时候，总会表现出一种吝啬。除了绵枣儿、大乌头、羽扇豆、黑种草、半边莲、婆婆纳、小橡树以及旋花，我们几乎很少看到蓝色的花。尽管大家知道，我在描述蓝色的时候并不会有所简略，但是我却不想浪费太多的笔墨。麝香兰不像勿忘我，每当开花的时候，它就会向玫瑰靠拢过去，没有丝毫地不好意思。鸢尾花呢？它所包含的蓝色想要十分出彩，就必须要有紫色的映衬才行。我所谈的，并不是被人们称为"火焰"的、超凡脱俗的紫罗兰，携带着它平淡无奇的味道在春天时节开遍拉加尔德—弗雷奈的小山丘。花园里的鸢尾花对各种土壤都已经适应，它静静地开放着，在巴加岱尔公园中的小河里滋润着纤纤细足，与它的患难兄弟——瞬息即逝、横三角形的老虎莲混在一起。它有六出的花瓣，好像猪肝一样的颜色，但是有人竟然将它看成蓝色，亏得有一帮人也清一色地认为是蓝色，即使他们根本不懂得蓝色是什么。

也有鉴赏蓝色的高手存在，他们鉴赏蓝色就好像品酒的行家一样。对于我来说，连续十五个夏天都在圣特洛贝度假是一种蓝色的疗养，同时也是一种钻研。它并不局限于深情凝望普罗旺斯的天空，有时还会冷落地中海。对于蓝色的乞求，我并不过多地寄希望于海浪休憩的细沙温床，因为我知道，只要黎明一出现，大海的蓝色就会被熄灭天空最后一颗星星的绿色吞去一大块。然后每个方位上都会飘零着松散的蓝色，然后选择自己天空的颜色：东方是紫色的，西方是亮红色的，北方是冷玫瑰色的，南方是灰色的。在普罗旺斯，每当光线最强的时候，天空总是呈现灰色。短短的影子默默地躲到了树下，紧紧地靠着墙根不敢挪动，鸟儿们也不再叽叽喳喳地喧闹，一切都沉寂下来。就连温顺的母猫也耐不住炎热，到泉水的沿上将一滴滴水珠接到嘴里，这可怕的正午正在对我们的蓝色和安详的生命储备进行百般的刁难。

我们只好静静地等待着，等待着那些灰尘飞扬累了，小小的翅膀逐渐跌落在道路的拐角处，等待着海湾的唇上裂开一道白色的裂口，那时候，所有的蓝色就全部都复活。一抹冷天青石色重新回到大海，在天空的映衬下微波粼粼，更显可爱，仿佛一个个玻璃杯子中都装上了蓝宝石般的玻璃骰子，晃动起来格外耀眼。

　　雄伟的阿尔卑斯山脉上空，阳光依旧灿烂，一团云朵飘荡着，不断地盘旋在山峰之上，你看它多蓝呀，看上去就像一只鸭子一样，但就是在这云朵里面，正在酝酿着一场暴风雨。很快，星辰像白雪一样布满了天空，满月在其中穿行，地上那些在白天始终闭合的百合花正在等待绽放。直到黎明时分，它们将变成蓝色。

幸运花和石柑

看到这个题目，如果你以为它是一则印度寓言的话，你就大错特错了。事实上，它只是一张大幅彩色版画，是许多不成套的彩色版画的其中之一。这些画并不是某一个人的新作。它们有点发黄，在画卷的边上都有不同程度的残缺，应该是那些幼小的昆虫啃噬过的残骸。然而这些画的拥有者并不是一个懂艺术的人，更没有长远的见识，因而将其散落了。以前，我在合适的机会碰巧就会买上几张。它们来自不同作者之手，有的署名是贝莎，有的署名是热纳维埃夫·德·纳日，有的是德尼斯——女画家和石印工。她们教给我的不仅仅是我想要知道和了解的东西。我看着鸢尾花，就可以去数它那花舌上的绒毛，看见表皮粗糙的柠檬,就去研究柠檬上附着的小疙瘩。她们还教我,为了便于研究,把藏红花、南欧丹参、欧洲茶树、石竹和夏海棠花的各个器官分解开来描绘的艺术。

比如脱落下来的雄蕊、标了号的花瓣、马鬃一样的根须以及那身材十分性感的小芽。我整天徜徉在所研究的那些事物中,我什么也不去学,只是静静地、仔细地观赏。

所有的文本都被毁掉了。我找不到任何其他的信息,除了上面精心刻写的艺术家的地址和一些出版商的名字。其中有一个这样的地址——“小田园十字街,吕桑饭店对面”,这个地方距离这里很近的。天呀! 是我的邻居,如果我们两个人之间并没有相隔这样两个世纪的时差,那该多好啊,我一定会对你的作品产生极大的兴趣。多亏了你呀,一株来自中国的椆梓树,有着锌蓝色翘起的叶子、累累的果实、粉色的花,在一张硬直纹的纸上将百年的风韵留存下来,就好像那水彩的墨汁并没有完全干燥一样。这样的绘画艺术让人震撼、让人垂涎,而它的精心之处在于并没有将页脚三粒褐色的籽的图像省略掉,足见其精细。

尽管所有的画作都十分珍贵,但是我最喜爱的还是那幸运花与石柑的图。它们跟在“番石榴,自然生长,无须栽培,它的果实可以做成美味的果酱”后面,同时它们也跟在“巨魔草莓”的后面。是的,是“巨魔”! 一种巨大的、形状像内脏一样的红色果子,如果找来一个"正常尺寸"的果子,它就可以盖住整本袖珍书的封面,可见其"巨魔"的称号当之无愧。我们可以看到浑身长着长毛,两瓣都十分丰满的"肺叶",就像耶稣在殉难图上流血的圣心一样。它的传奇似乎让人慢慢变得不再感到奇怪了。书上这样形容它:"树上的草莓,被称为红色的番荔枝,吃起来极为可口。它们的叶子也是宝贝,用它煎出来的药汤居然神奇到可以治疗胃痛。"

关于它的特性和魔鬼的传说,我原本有很高的期待,渴望听到更加离奇的介绍。至于它的样子,我在35年前就已经知道了。接下来的一页就是幸运花和石柑,这两种图像画在一张画上,使我怪诞的渴望得到了极大的安慰。一棵结满了梨状果子的奇怪植物,在茶花的叶子中间,红艳艳的格外好看,它的花就是幸运花,这花的颜色独特,不仅掺了玫瑰色,同时还嵌入了碧玉色。这样的画面不由地让我认为,这多半是探险家、画家、植物学家因为梦游遐想而幻想出来的……但是在这之后,我又开始信了,我对幸运花有十足的信心,它一定能够"在很短的时间内窜到45英尺的高度。人们喜欢将它生产的水果炖着吃,它们的味道极美,就好像是小牛肉和禽肉一样可口"。

真是奇妙呀!就好像坐落在仙境周围的沙丘!这美好的一切继续啊!孤独寂寞的小牛肉万岁,游人的天意!为什么就戛然而止了呢？是因为那些植物标本的采集者？为什么不能确切地告诉我们,植物采集者对于幸运花在短时间内长得如此巨大而不满意。幸运花就好像是蛇一样,它甚至还能够模仿穿山甲的声音,将无数的萤火虫吸引而来,像一座灯塔一样为那些迷途的人们照亮道路？

然后是石柑,已经残损的画册依旧十分美丽,但是上面并没有清晰的注释。图像上的颜色十分亮丽,甚至用光彩夺目来形容都不为过。从图像上看,石柑就好像是一根体型巨大的黄瓜,表皮呈现出一种祖母绿的颜色,并且规则地分割成六边形,看上去宛如浴室地上镶嵌的瓷砖,像极了一颗多色的珠宝。如果非要将这个石柑说成是黄瓜,那在我看来,也是一根非常珍稀的黄瓜,就像一株三叶草上长出了四片叶子一样让人惊奇……哦,不是的,还不如说成是一株裂成四瓣的三叶草,形状好像丁香的花朵,但是又和丁香花不同。石柑,也被称作宝石柑,但是总有一些奇思妙想的人,会在看到石柑以后联想到一根香肠……

我不再说了！想要尝试着去将那些透过棱镜而幻化出来的仙境用白纸黑字重构出来,那是傻子才做的事情。你们自己去将幸运花和石柑弄明白吧,就像那些将它们描绘出来的画家或者是素描家一样,努力地创造吧！

铃兰花

    铃兰花每年五一开放的时候，人们就会举行庆祝活动，这不只是爱俏，不只是迷信，似乎已经形成了一种信仰。对它的这种狂热，在首都民众的身上体现得极为明显，越是到了郊区，这种热情就越是逐渐地冷却下去。再往更远一些的外省去，人们静静地呼吸着这种带有酸味的小花所散发出来的芬芳，它们并不被南方人知晓。"铃兰花？是一种什么样的花呢?"那个帮我照看着圣特罗佩①那一小块土地的女管家向我问道。

    您自己亲自来看一看就好了。5月的第一天，铃兰花已经

---

① 隶属法国普罗旺斯—阿尔卑斯—蓝色海岸大区。

出现在巴黎的街道上，花店竞相抬高价格，一枝就要卖到20法郎，一束就要1000法郎。那些女人的花样柔软的腰肢上，男人们衣衫的扣眼上，都能看见铃兰花的身影，它见证了无数人对"吉祥物"的信仰！但是如果去总统府邸朗布依埃附近的铃兰花市上看，却是铺天盖地的，货架上挤得满满的都是。它绿绿的叶子呈长长的形状，围在四周，看上去像花环一样，十分和谐，也许是长久的习惯，竟然没有人知道铃兰花的其他扎法。

面对这种情形，我突然萌生出一个想法，于是对一个女花商建议说："你把叶子放在中间，然后把花围在四周看看效果怎样？"

她默默地打量了一下我，似乎认为我是一个已经失去理智的人，然后无奈地朝我耸了一下肩膀，轻声地说："那样的花，换作是我肯定一束也不会要的，不过依然谢谢你！"

一个偶然的机会，我看见几个年轻的姑娘，她们每人的胳膊上挎着一个篮子，然后偷偷地溜进了朗布依埃的花园里，她们每一个人都灵活迅速，同时又小心翼翼。

"我们要到阿尔贝家偷他的铃兰花！"这些姑娘中的一个冲着我轻声地喊道。

"那里可是有人看守的，你们不怕被抓住吗？"

"不是像您说的那样，我们已经与守卫的人说好了。他们讨厌看见铃兰花,因为它们的种子只会将那些年轻的野鸡撑死,他们是不会抓我们的!"

有一个已经上了年纪的森林女猎手,她曾经采摘风信子、榛子、野草莓、桑葚、洋地黄,如今又出发去"猎铃兰花"了。在太阳还没有划破天际的时候,她就已经出发了,穿过荷兰池塘和它周边的羊肠小道,向后面听一听,确认自己并没有被跟踪。当森林从绿色变成了蓝色,她才回去。虽然年迈,但是她的步伐矫健,身体的四周都围绕着铃兰花。那些铃兰花束倒挂着,仿佛都耷拉着脑袋,走起路来颤巍巍的,每一束下边都绑上一个套索,二十、三十、五十束,就像是猎人辛苦打来的野味一样。她对自己的收获满意极了,一路上高兴地向路人兜售她的铃兰花,我也没有例外,当这位白发的山林仙女走来时也买了花,然后插起来,香喷喷的,大有一种雍容华贵之感,颇有几分路易十四时期乡野老妇的韵味。

我对过周末并没有太大的兴趣,但整个森林几乎都被巴黎人包围了。我们满载着热面包、猪肉酱、奶酪、咖啡和葡萄酒,高高兴兴,甚至浩浩荡荡地走向森林,回来的时候,那些食物全部不见了,换回的都是一束束铃兰花,因为采摘的时候太早,这些铃兰花还有点发绿,看上去像是一堆堆的花菜。对于铃兰花我没有多少兴趣,然而却担心那些正在抱窝的野鸡,它们在干蕨草的巢里休息，忽然就受到了惊吓，因为难以舍弃自己羽翼未丰的子女，只好英勇地保护着它们，然后等待它的即是被人手到擒来的命运。哦，那些可爱的小野鸡，我不小心触碰到了它们，手指尖上暖暖的……我轻轻地将手收回，然后将正在周围嗅着羽毛味道的母狗唤回来。为了能够让它远离这里，我答应给它一条壁虎、一只鼹鼠、一只鼩鼱，甚至把所有它听说过的野味都许诺给它，但是对于野鸡这个词它还是陌生的，因为我以前从来没有教过它这个名字……

等到日暮时分，我才一路沿着圣莱热、梅纽尔、蒙福尔拉莫里、诺弗勒回到家。直到凡尔赛，孩子们留下了一路的记号，用力扔出去的风信子、铃兰花束、多花黄精、银莲花、蓝色鼠尾草、连线草、拥有一双蓝色眼睛的婆婆纳、从老房子墙根拔起来的黄色野萝卜。还有虎眼万年青又叫"十一点夫人"，因为这时只要有一朵云彩遮住了阳光，它就会立马合上它的花瓣……

尽管十分美好，但是我们不再流连忘返，汽车载着我们急速前行，周围散发着干渴疲惫的花儿的芳香。我们有些疲劳了，甚至有些快乐过了头，那是5月专门一天旅行的回报，那森林里依然恬静，依然有铃兰花开……

人工培育的风信子

在马尔里的森林里，人们非常确定地告诉我，野生的风信子在落叶下面已经开始生长，它的尖角已经大约有一节手指长了。不仅是威胁，同时还是一个许诺，时间是在 1948 年的 1 月 5 日。一些消息比较灵通的人给了我一些预测，他们想要在周末的时候去看一看春天是否提前到来了。没错的，它确实是提前了许多，人们对这个消息的反应有着很大的不同。有一个姑娘听到这个消息以后，高兴得简直要疯了，她连连拍手说道："接骨木绿了，我们复活节的时候去野营吧！"但是一位明智的女子却将眉头低垂，仿佛并没有太高的情绪："栗子树的新芽早已不是之前的模样了！草地上的雏菊也开花了！丁香的嫩芽也变得胀鼓鼓的！复活节之后的那个月可是够我们受得了！"

　　我没有言语，只是静静地听着，不断地收集着这样那样的说法。在我的这条腿碍事之前，那个惊天呼地、抢着警告或者是欢乐预报的人一定是我。在沃德塞尔奈修道院附近滔滔的河水边，那 11 月跌落的树叶是我将它轻轻捋开的，因为想要去探寻那些焦灼的鳞茎破出的小角。然而到了今天，我的这种忧郁特权所带给我的，只是在别人之前拥有了一束风信子，白色的风信子。我将它们养在一个绿色的瓶子里，芬芳的味道飘满了整个房间。在它们原先待着的大棚里，它们已经喝足了水，那些贪婪的经脉已经完全舒展开了，这时候，即使非常小的磕碰都会对它们造成损伤。在那些粗粗的茎中充满了像蜗牛身体上黏液一样的汁水，而上面却撑着许多钟形的小花。那花儿沉甸甸的，半透明的，像极了薄荷味的白色水果香糖。就这样来看，它们和那些每年春天被巴黎人蜂拥破坏却始终无法将其毁灭，并且被称作林中仙子的野风信子有什么相同之处呢？同样是被无情地采摘，这位仙子将脑袋低低地垂下，她那淡淡的幽香也全部消散了，魂归九天。只有当它们活着的时候，我们才能看到，许许多多的花连成一片。远远地，透过那矮秃的树林看去，竟然冒出一片铺展得非常均匀的蓝色，这时，它总会给你一种错觉："看，远处那是一个池塘……"

049

然而，我那看起来肥硕的人工培育的白色风信子，是从一个泡了水的敞口瓶中培育出来的，在你的鳞茎睡着的时候轻轻摇晃着它，在桌子上的猫、茶壶以及小男孩的练习本中间。我称它为城里姑娘，丰腴的城里姑娘。我知道你是好心的，想要替代我所怀念的，并且将会永远怀念的：森林里成千上万的花儿聚集在一起开放，它们自然、脆弱，展现出明媚的蓝色，给了我无限遐想的空间，仿佛自己身处一片湖水、一片开满蓝色亚麻花的田野……

银莲花

　　只有天知道它是不是勒杜特的作品！他在教太子妃玛丽—安多瓦奈特的时候，可是将其精湛而细腻的技艺展露无遗。每当他画完花，总要在上面滴一滴水，就好像是清晨的露珠一样，也更像是一颗美人痣。也就是从他那里，公主们才学会了画那些会哭泣的银莲花。银莲花、成千上万朵玫瑰、长着细细绒毛的"熊耳"，这些植物天生都长着天鹅绒叶霜，然而在勒杜特的笔下，它们都被化成了泪水，这让我不自觉地想到维吉—勒布朗夫人似水的柔情。当她动情地写回忆录的时候，就是用鹅毛笔蘸着从自己迷人的双眸落下的苦涩泪水……

　　我这里的银莲花都是一双双干枯的眼睛。它们从 12 月开始就离开了尼斯的园艺房。那一场残酷的大工业对于花儿毫无怜惜之情，它不允许这种充满诗意、花冠随意无序、颜色缤纷混杂的状态存在。在运输的道路上，花儿们没有得到一点水的眷顾，但是它们并没有因此而死掉，只是看起来状态并不是很好，给人一种几欲昏厥的感觉。等到它们到我这里的时候，已经完全虚脱了。它们无精打采地耷拉着脑袋，只将那暗淡无光、带有细细螺纹的毛茸茸的花瓣背面裸露出来。它们露出的叶子像菜园里粗壮的香芹，这不是花坛中所需要的。这些昏昏沉沉的普罗旺斯的花儿，在冬日阳光下被拔起时是不是已经忘记了对我的许诺？那个给予我猩红色、紫色以及玫瑰色的苍白许诺是否永远都无法兑现了呢？

经过一次温和的足浴以后，它们奇迹般地苏醒过来了，圆圆的花朵颜色绚烂，它们欢呼雀跃着。生长得并不对称的鸢尾花仿佛很犹豫，用它那奇数的花舌将丝绸般的花瓣撕破而出。玫瑰被它的束衣紧紧地包围着，有时甚至都快要窒息了。而银莲花是绝顶聪明的，它的举止是一个非常绝妙的决定，因为长在茎干上的叶脉并不规则，所以它的花瓣恣意开放着，丝毫不受约束，看上去就好像一个被风吹起来、鼓鼓的降落伞一样。另外，我还常常将它形容成日落时分的缟裳夜蛾，它不贪恋在百叶窗之后或者是松树枝干上昏睡一整个白天，而是将它第一双灰色的翅膀伸出,忽然就舒展开它夜宴的裙裾,黑色或者是蓝月色,呈现出由浅入深缝起边儿的覆盆子红。

每一朵银莲花都已经恢复了常态,现在的亮丽颜色让人震惊,有红色的天鹅绒、纯净的紫罗兰的颜色;还有两三朵是比较稀有的,花色十分新奇,花瓣上带有细细的虎纹,就像是郁金香一样,几乎是栗色和并不完全的酱紫色。摆放在桌子上面,就好像一团绚烂的火焰!很明显,我钟爱着这些花儿。但是我对于动物的喜爱也丝毫不会逊色,这一点,也许银莲花深有体会,因为在盛开的花心,它给我带来一只刺猬,小小的、蓝色纺绸的,漂亮极了……

嫩芽

在"美味垃圾箱"推广者的名单中,我看到了一个雅利安人的名字:路易·福雷斯特。实际上,他是一个非常讨人喜欢的犹太人,聪明能干、耐心十足,还是美食家、优秀栏目作家、饕餮客。但是,他做事情总是习惯恪守自己的原则,他在美食方面的论调仅仅出现在几篇我不能说是关于烹饪艺术的散文中,这显得有些无法立足,公众对于它们的新鲜感也就只能持续很短的时间。

路易·福雷斯特的创意在前一次战争中给他带来极大的虔诚,吃煮熟的胡萝卜皮,啃生萝卜和生萝卜的叶子,将雅葱的叶子、嫩荨麻、芦苇的根茎留下来,把榕茛的根、海蓬子牙拌色拉,还有一些味道最苦的食物与其他的菜式。

　　"美味垃圾箱"的几次宴请我是记得的,这些"大餐"结尾的部分完全可以与序幕媲美,因为在吃完干果和甜点之后,提供给宾客的是没有用鸡蛋也没有用面粉制作的蛋糕加刺檗果酱。而路易·福雷斯特在自己发明创造的咖啡壶里调制了一种不符合任何评论家口味的咖啡。

　　除了那些气味呛人的野草、菜叶子外,我们的朋友对某些花的食用价值也进行大力的宣扬。尽管在他的散文中充满了真情实意,并且担保它们有相同的功用,但是没有任何一个"垃圾派"的拥戴者去试吃玫瑰花瓣色拉,去折损美丽的旱金莲的信誉。对于我来说,我对后者腐败辛辣的味道并没有太大的兴趣,攀缘、匍匐、优雅的旱金莲我是可以接受的,小小的、顶端尖尖的红色花骨朵,在圆圆的、有点蓝色的叶子中间显得格外耀眼。每当浇水或者是下雨时,叶子就可以将水珠承接下来,但是并不弄湿花朵。我喜欢在我乡间的花园里看到它们的身影,在普罗旺斯,我将它和一种淡蓝色的蓝雪花相互搭配在一起,于是它们的花枝与我喜爱的色彩相互交织缠绕在一起,极为动人。

　　面对这些我们并不认为可以食用的植物,我就会将它们偷偷地藏起来,放在椭圆形的小盘子和大口短颈的瓶子里,让它们在那里沉睡和膨胀。当旱金莲怒放的季节过去,我就会默默地将旱金莲的种子捡起来,然后与掉落下来的刺山柑花蕾、不熟的蜜瓜、海马齿肥嫩的小枝、打蔫的胡萝卜、长得并不肥硕的豌豆荚、葡萄藤上的青葡萄加在一起,然后将所有这些为了季节平衡而产生的次品,都扔到醋缸中去,让它们各自利用自己淡淡的味道,好让日后一道充满忧郁的冷小牛肉变得活跃,将粗盐牛肉最后一道防线完全击破。

女门房家的侧金盏花

突然,我听到一个撕心裂肺的声音从远处传来:"阿多尼斯死了![①] 阿多尼斯死了!哦,可怜的阿多尼斯……"

"这悲惨的叫声是谁发出的?"

"是楼上的夫人,因为他最爱的阿多尼斯死了。"

"阿多尼斯死了?唉,这就是我们的命啊!没想到不幸竟然降临得如此之快!"

"是一次打猎所发生的意外……一头野猪在垂死的时候要格外小心,野猪具有超强的骗人技术……但是我认为这不是意

① 阿多尼斯(Adonis)是男子的名字,和法语侧金盏花(adonide)词形相近。

外,是有女人报复他,谁也不能打消我这样的猜想。"

楼上声音:"阿多尼斯……哦,阿多尼斯……"

"您听到了吗?楼上的这个女人,一整晚都在喊着这个名字。"

"哦,没事的,她总会慢慢平复下来的。她又不是情窦初开的小姑娘。"

"可怜这样一个小伙子,他那结实的身体甚至可以活到一百岁呢!"

"我亲爱的夫人,当时,他就那样光着身子在草地上躺着,没有人帮他包扎,也没有人对他进行救治!真的,请你相信我说的话,他变得都让人认不出来了。"

"怎么会这样呢?"

"就像我跟您说的那样,整个人都变了形,大家都是这样说的。您现在明白了吗?他什么都没有留下,除了窗台上花盆里那朵像血一样鲜红的花朵。"

"这真的是太不可思议了!"

"并不是因为它长得丑,而是它确实并不起眼。这朵花小得像豆子一样……一颗美人痣,在花心……"

"阿多尼斯也长着一颗美人痣,跟它是一模一样的。"

"我对这个年轻人并不是非常了解,他的私事您知道的比我要多,夫人。"

"我只知道这些,夫人。"

"但这已经足够让人产生联想了,夫人。"

"算了算了,您不会因为一朵小花去争论的,对吗?一朵并不起眼的小花,周围还需要很多叶子来衬托!"

楼上声音:"阿多尼斯!哦,你是我的全世界!"

"这儿有个人的想法可能跟我们并不一样,您听到了吗?她可以大声地喊叫,但是人不能死而复生。就好像您说的一样,希望他再次变形,天上的诸神可以把他变成更大、更好看一点的东西。"

楼上声音:"阿多尼斯!阿多尼斯死了!"

"到最后,她的哭喊声让我们的头都快炸裂了,大家也应该谈论一点别的东西了。夫人,我该走了,我要将我的果酱券好好地花出去。"

楼上声音:"阿多尼斯,哦,阿多尼斯!你那花朵一般鲜红的血洒落在苔藓上,你的胸腔像大理石一样莹白,比菲碧①还要洁白,照亮了被一场死亡意外玷污的林间空地……哦,阿多尼斯永远不会死的……"

---

① 菲碧(phoebé):十二泰坦之一,月之女神,也译菲贝·福珀。

红茶花

　　所有夸张的表现都会深深地印在我们的脑海里，牢固得挥之不去。也许对于我们来说，夸张似乎与我们更加般配，至少在我们青春年少的时代是这样的，那时的自己充满魅力、好奇、激情和青春。青春是一个无法阻挡的诱惑因子，我之所以会不想掺和那些青春年少的行为，并不仅仅是因为我的青春早已远去，更是因为我还要趁着青春去做一些有意义的事情，而不是自我放纵，换句话说我必须要学习、努力，进行自我压抑，然后去面对各种各样的东西，我必须要一一去做，并且还要专心地去做。为了做一些有意义的事，就应该付出任何努力，无论游戏的规则是怎样的。曾经有一段时间，我渴望自己在巴黎拥有一座花园和一

CAMELLIA JAPONICA

—— 茶花 ——

恰逢每月不方便的那几天，患有肺结核的茶花女就会把这娇艳的花朵，插在自己浓黑而丝滑的头发上。它像是一种公告，示意大家要让她一个人睡。

CAMELLIA JAPONICA

座底楼,底楼也许阴暗,但是避风,木头炉火的光芒照耀着,摇曳着五彩缤纷的芍药花儿。这一切想法都随着我认识了十三只聪明的猎兔狗之后而改变了,我不再想着要去过那舒适的牢笼生活,也不去想那些巴黎有钱人的花园了。

远离了这一幻想、这一中规中矩的遐想、这一芭蕾舞迎风展翅式的憧憬,一切都回到了现实。在十三只聪明的白色猎兔狗中,一条布拉邦特犬让我非常满意。它即使成年后,体重也就只有一公斤左右,无论多久都一样。这一点像极了爱情。爱的统治带着同一种巴洛克的味道,然而它只是顾眼前的,总是要求互相腻在一起,即使拥有很少的物质也能够得到极大的满足。同时,还伴有一种非常颓丧的情绪,这一点是我在收藏着许多杰作的博物馆里感受到的,这给我带来很大的忧郁。人们总是怀有喜悦的心情去收集藏品,就同我一样,当看见紫色的嫩芽破土而出的那一刻,我欢欣至极,因为在我眼里,这个破土的嫩芽才是一个奇观,而并非博物馆。

然而我又看到了另外一个奇观,它悄悄地来到了我身边,就在我的房间里,没错,就是那六朵红茶花……

因为一些特殊的用途,它们可以保持自己美丽的花形几个小时。它们生活在时间的空谷里。叶子和花只是用一根线串起来,杯状的花萼被一根黄色的铜丝刺穿,满是雄蕊的花心,尽管生长苗壮，依然也被刺穿了。这根线从这边穿过，从那边穿出来，然后弯一下，在枝干上打一个小结，主要是将那些已经消亡的美丽的花朵固定得更好。

六朵红茶花。恰逢每月不方便的那几天，患有肺结核的茶花女就会把这娇艳的花朵，插在自己浓黑而丝滑的头发上。它像是一种公告，示意大家要让她一个人睡。这种品位庸俗到了极点，令人悲叹，但奇怪的是，人们居然谅解了。六朵红茶花……还是在我上小学的时候，每次学校有颁奖仪式，为了有花点缀，奥林普·泰兰小姐就会教我们手工制作红色的纸茶花，而当时的我们，对茶花完全不知晓，更别提曾有谁见过一朵真正的茶花，就连在图画纸上也没有。以至于我们做出来的花，更增添了一些随心所欲的成分，有的甚至硕大丰腴。这些花并不是美化，而是悲惨地遭受到了变形的苦楚。

这个时候，六朵红茶花对我有着非凡的意义，意味着要引领我进入使它们焕发生命光彩的国度。在布里多尼的气候下，这个国度慢慢地孕育着一条仿佛有百年历史的林荫道，看上去就好像一座墓园一样，油光光的。它看上去是黑色的，无论是在阴影处，还是在阳光之下。但是林荫道上的树叶是允许有一点苍白蓝色的光斑的，生长在叶子的凸面，每个人依然期待着茶花能够在寒冷的季节点燃红色的时刻……

等到茶花红到了极致，紧接着的命运就是开始凋零。然而遗憾的是，人们无法在它们开得最绚烂娇艳的地方看到它们，但是我总是心想，至少在那里，不会有人用已经生锈的铁丝将一朵沉甸甸的花朵，穿透并捆绑在一枝弱小的枝干上。在那里，一切都是美的，布里多尼的微风、金色奶牛的蹄子、因为潮汐而发生的阵雨，以及那些落在草地上就化为红色的茶花雨……

红口水仙

　　在我的家乡，红口水仙是一种非常独特的花，她总是被人们称作豪饮之徒。之所以会有如此霸气的称谓，是因为她总是口渴。她那绿色的、脆弱的、稚嫩的茎管就是她的吸管，用来汲取像海绵一样的草地上的水分。她将小沟壑里的水吸干，将森林里水洼里的水吸干，甚至连冬天雨水溢满的临时小溪流岸边的潮湿也全部吸收。每当早春时分来临，人们高谈阔论的都是她，红口水仙，红口水仙，红口水仙……

　　有时候，她也会改变性别，这时人们就会叫她水仙。水仙花是白色的，具有奶油般的光泽，就像在宽圆花边领的花瓣边缘上绣了一抹红色镶边，有凹凸花纹的细布绉领……哦，我用宽圆花

NARCISSUS POETICUS L

—— 红口水仙 ——

她那绿色的、脆弱的、稚嫩的茎管就是她的吸管，用来汲取像海绵一样的草地上的水分。她将小沟壑里的水吸干，将森林里、水洼里的水吸干，甚至连冬天雨水溢满的临时小溪流岸边的潮湿也全部吸收。每当早春时分来临，人们高谈阔论的都是她，红口水仙，红口水仙，红口水仙……

NARCISSUS POETICUS L

边领、镶边、细布绉领来描写水仙是不是太过于浅薄？是不是我的词语看起来非常贫瘠，并且都是用一些女性的饰物来形容？事实上，不是的，之所以会做出这样的比喻，是想更加直接和形象，将花瓣比喻成女人的饰物，将花冠比喻成花边。

　　至于那些非常大的红口水仙，它的花茎是空心的、粗粗的，像是一支在草地上等待被吹响的象牙号角，因此它们又被人叫作"喇叭水仙花"。它们在小阁楼的尽头，黄得好像金子一样，它的花心是深黄色的，像洋地黄一样，藏着一家子雄蕊。坚忍的花冠像是一个非常复杂的陷阱，散发出来的天真的香气任凭雨水敲打着，任凭严寒欺凌着，任凭3月的阳光唤醒着，看上去就好像是脖子上围着的一圈丝绸，皱巴巴的。啊！这位红口水仙，从来没有人能够教会她如何去将自己的领结摆弄得有模有样。尽管如此，她依旧有着很高的价值。等到庆祝复活节的时候，巴黎的花车一车车运送的大大的复活蛋只用她来进行装点。卖花女用水仙幽绿细长的叶子围成羽饰，装扮复活蛋的小头。要问这样的做法是如何得来的，人们也不知道，只是传统就是这样要求的。有了这样水仙叶子的修饰，复活蛋俨然就是一个菠萝，简直是像极了。

　　在普罗旺斯的南方，白色的红口水仙往往要比黄色的红口水仙开放得早一些，我是多么喜欢。等到再晚一些时候，黄色的红口水仙就会盛开,比橘子花开得还要浓郁!我是多么喜欢,在那个冬天既不寒风凛冽也不会太漫长的地方,这些比春天还要早到的花儿……我没有什么可抱怨的,因为今天我在巴黎的桌子上就有她们的身影。她们贪婪地吮吸着花瓶里的清水,眼看着花瓶里的水位缓缓地降下去,我仿佛听见了她们吸水的声音,感觉是如此的甘甜。我的水仙花有两种颜色,白色与黄色,哈瑞斯甚至又给我加了一束——哦,这一束水仙给了我格外的惊喜!她是粉色的。看着如此漂亮的花儿,我甚至怀疑哈瑞斯在将她们送给我之前,是不是在这些豪饮者的花瓶里倒满了一杯红色的墨汁……

药草

对于我来说，这一切都从我对植物认知的渴望开始，我很早就投身医学，有幸从大哥那里学来这些奇妙的东西。他对花草的喜爱比对人的喜爱更甚，但是与花草相比，他更爱动物。当我和他一起去乡下的时候，表面上我是在采集植物标本，但是实际上，只是茜多的孩子对自由特权的享受罢了。

从前，我家乡的医疗队伍由几种不同的医疗人士组成。有年迈的波密埃医生，他头发花白，颤巍巍的，宛如秋霜；还有一小部分土法接骨的医生，在真正的医生面前，他们总是显得有一些卑微；还有"舵手"和接生婆。每当说到后者的时候，母亲总是会表现出一种神秘或抨击的语气。

药草的名称，一张布满了可爱错误的植物列表对我来说难道还不够吗？在过去，一个村子里总是会有很多采药草的人。茜多总会说："吃死人的危险可真是不少！"尽管如此，我依旧偷偷地到森林去追寻它们。它们默默无声，散发着怡人的香气。它们所在的地方，那些受到人们指责的蒿属植物和沼泽薄荷的气味经久不散。那些自以为是的老妇人对药草能吃死人的说法深信不疑。她们常常站着休息，很少会坐着，一边织毛衣，将第四根毛线钢针卡在一个大桃仁的圆圈中，桃仁上再拴一根线，然后挂在肚子上面。一根旧钢针从母亲的手中传递给女儿，就这样一代代地传递下去，核桃也被磨得溜光水滑……

只有一个老妇人比较特别，她是在刺绣，绣工好得难以形容。老妇人的眼睛是瞎的，曾经受到圆框眼镜极大的伤害，她的那一双手也饱经沧桑，曾经在洗衣水和药茶水里浸泡过无数次，但就是这样的一双眼睛、一双手，却创造出世界上难得的珍品。它们是贵妇人绣了花体姓氏字母的手帕；享受万般宠爱的宝宝在接受洗礼时所穿的裙裾，上面装点了圆形和叶形的面纱；还有新婚之夜的睡衣，因为包花绣的复杂工艺以及土耳其针法使得这件睡衣硬得很，好像即使新娘子不把它穿在身上，它也能自己立在新郎的面前一动不动似的……

经过岁月的洗礼，那个刺绣花草的妇人所制造的作品都已经被摧毁,她的姓氏没有人知道,人们只知道她叫瓦伦娜。好多年来,我和我的母亲一直保留着几个绣花的衣领,几条一定不会用来擦鼻涕的手帕。这些东西曾经奇迹般地被我们保存下来,最后还是在不知不觉中遗失了,极为遗憾。瓦伦娜像极了居斯塔夫·多雷画的佩罗童话插图中用刀子挖空灰姑娘南瓜车架的巫婆,她脸上的每一个轮廓都与之十分相像,就是面部充血要肿胀很多。

因为容貌上的相似,老妇人的魅力增添了不少,同时也树立起更多的威信。只要我向她发问,就不用担心瓦伦娜会有些许的犹豫。她说出一个名字——你看吧,我说什么呢!——两个、十个名字,然后她向我解释道:

"这个可以治湿疣……这个可以毒死可恶的小狗……这个是蛇草,不论你在什么地方,只要你看见这种草,在它的附近就一定能够看到一条蛇。那个长着毛茸茸小叶子的草,叫作老鼠尾巴草。"

"为什么呢?"我疑惑地问道。

"没有为什么,人们就叫它老鼠尾巴草。那儿,是一株可以治疗肺病的草,叫作疗肺草。"

然后看到一种非常小的红色的莓,她教导我说:

"这是刺檗,你可以吃它,也可以拿它来做果酱。但是你绝对不能将它种在麦田里。"

"为什么呢?"

"因为政府已经明令禁止。如果种在麦田中,它会毁了麦子。这种草叫作大托盘草。看上去和菠菜有几分相似。小樱桃,是茄属的植物。"

"好吃吗?"

"当然,让人吃下去以后再吐,这种方法非常有效果。"

"那就是说它不好吃咯?"

"怎么就不好了呀,让人吃了以后呕吐有非常好的效果。你怎么了? 手被刺到了? 真是活该。好了,别动,来,过来吧,我给你收拾这个大刺蓟。"

她将她的刀打开,在光着的手上戴上了半截子手套用作保护,然后拔掉一个紫色枝形大烛台一样巨大的蓟上的刺,哦,它们是全面武装好的朝鲜蓟的乡下兄弟呢。在过去,我常常吃它们,直到现在,我还在吃这种高高的大刺蓟的底座,蘸了醋酸沙司或者是盐,吃起来棒极了,也起劲极了。

我从来没有将童年对于学习的欲望和孩子在长毛的醋栗、野酸模、地榆面前的食欲分开过,在这一方面,孩子们知道的非常少,甚至还不及动物,尤其是那些食肉动物,整个脑袋中都是关于草药的认识。我之前在圣特洛贝有一只叭喇狗,如果吃的食物不能立马让它满意,那么它就会去随意地采食草药,然后将刚才吃的东西全部都吐出来。有一次,它先是吃了一些狗牙根,然后又吃了一株野杏树苗,将它所有的叶子吃光,接着又吃掉了一棵漂亮的百日菊,不过,这一次它将花朵留了下来,于是整个身体摇摇晃晃晕晕乎乎,终于在最后将胃里的东西全部都倒了出来。至于那些漂亮的百日菊,我发现小狗经常喜欢吃它,仿佛已经成了一种习惯。

玛格丽特·莫雷诺在她的一卷回忆录里告诉我们一件事情,那就是一个动物园的馆长是如何让他的那些猛兽吃掉狗牙根来清肠的。说到这里,关于清肠的话题,瓦伦娜有很多的话要讲,植物的药用价值还真是非常多。发音用词有些别扭并不碍事!瓦伦娜将"山道年"说成了"山道连",把"清池"说成是"乳草"。但是她的这种语言上的错误丝毫不影响信徒们对她的崇敬。有一种非常微小的伞形科植物,她说那是"牧人之针",但如果在她面前同时出现荠菜,这种并不起眼的草就会让她把二者混淆了,从而犯一些比较离谱的错误。时间久了以后你就会发现,那些上一点年纪的女人对种种影射所产生的混淆之误早已很难远离。

瓦伦娜对于植物的品种从来不会弄错,只是偶尔会将植物的名字叫错。很多花草的名称都因为她独有的发音而改变了,光我知道的就有几种。例如过去有一种经常冒险用毒银莲花来治的病，叫作黑矇，她就会将其叫成"恋爱中的女人"；甚至将过去的麻醉药当成春药，每一次都是这样。布瓦洛曾经写给拉辛一封信，吹嘘唐芥，也就是大蒜芥的药用功能，瓦伦娜对这封信并不在乎，因为失音，她经常会把这种植物叫作"下疳草"，把它误用来治疗一些疾病……

　　那些流传在民间的药典，很多都没有科学依据，但一点也不影响人们对此的自由发挥。无论是"巫婆草"还是"生男草"，总有各种各样的说法……不信，你去瞧瞧：在我的家乡，说"天竺葵"的人远没有说"天葵竺"人多。每当花季末期，紫罗兰的颜色就会变得十分苍白，被人们称作"狗紫罗兰"。它的花瓣几乎呈雪白的颜色，上面透着仅有的一丝淡紫色，香气也早已经消散。它生长在水边，小小的，根本没有人会注意到它。因为我们早已经远离了真正的紫罗兰的季节，从2月开始，在朝西和朝南的河岸上就开满紫罗兰。在盛开的季节，人们总是要进行采摘，他们不要茎，只是将花朵摘下，然后将它们摊在白纸上，放在阁楼上阴凉的地方晾干，这时花的香味就会四处飘散，充斥在整座老房子里。关于它的味道，茜多有着独特的理解，她经常说它们的味道就是"一开始香，最后臭"。她总是要等到秋天用它们来给我们治疗感冒。我们的村子几乎家家户户都会晒药草，但是我却从来没有看见过母亲用它们来治病。我从她那里学到的,也就是野紫罗兰冲泡之后会有淡淡的绿色。至于椴树……呃!我的天,当它开满红棕色的花朵,像围满蜜蜂的小火山,成为橘树的劲敌。金色的花粉宛如小雨一样飘落,这些难道还不够吗?你还真的指望它能够在煮沸之后治疗你的发烧吗?我们将它的名字一个个写在方形小橱子的标签上:"紫罗兰、马鞭草、椴木花、薄荷、草木樨、橘叶"。对了,还有一种叫款冬。它长着细细的黄色带毛的爪子,至于针对什么病,治疗和预防什么我就无从知道了。"魔鬼的圣女",我同样忘记了它的功用和它的学名,但是这个名字却极为美妙。还有一种药草受到人们的吹捧,被称作"外科医生的智慧",关于它,我也只记得这个名字。

"它有什么用处呢?"我向瓦伦娜问道。

她用第四根毛线针的一端戳到那顶着湿手绢的头上挠了几下,然后将老式圆框眼镜下投射出来的目光落到远处的森林里,然后缓缓地回答道:"没什么用处。"

直到今天,即使瓦伦娜已经去世了,她也依旧没有丧失她的威信,只是她那草药方子的影响范围缩小了一些。堕胎药、泻药、忘情草、助眠药草……显然,我又开始在它们中寻找梦想的素材了。

马蹄莲

经常有人愿意这样说——这是一朵花。对于这种说法,我并不是非常赞同,因为我恰恰不愿意这样说。我很想问你们究竟是从什么地方看出来马蹄莲是一朵花的?它根本就没有花瓣,也根本就没有花萼。花茎上的绿色突然撑开,在没有丝毫接缝的情形下,长成一个小号角的模样,然后慢慢地变成白色。那些铺在栅栏上的白色旋花知道得更为清楚一些,曼陀铃长长的坠子像珠宝一样,然而包含着满满的毒液。但你喜欢海芋,它挺拔而简朴,"多么朴素、多么有力",我在这里到底是要找谁的茬儿?你的,还是海芋的?

还有一种叫作鹤望兰的花,它有着毋庸置疑的优雅和魅力。

不仅数量多,颜色也非常丰富,阿尔及尔的圣乔治旅店堆满了这样的花……那花茎的枝头顶着一朵朵深蓝的、淡蓝的、橘黄色的羽冠,给人们呈现出尖尖的"鸟喙",也正是因为这一点,它才有了自己的别名"天堂鸟"……从这些奇怪的掌状花儿中,我看出一个暹罗人的手势,就是将食指和拇指合在一起,然后将另外的三根手指直直地竖起。在暹罗舞蹈语汇中,在舞者长时间柔弱的手臂上竖起这个手势,就表示一种愤怒的表情特征,这双被激怒的手,像极了反抗的花朵,至于二者之间,到底是谁模仿谁呢?

舞女伊特,她的确非常美,她所扮演的反串角色,是一个王子。尽管扑了一层厚厚的妆粉,但依然很美。脸上,一副无动于衷的表情,小小的鼻子从两颊微微隆起,因为她所扮演的王子是一个盛怒的哑剧角色,因此在台上的每一个时刻,她始终保持着拇指和食指合着、另外三根手指翘起的状态,这个手势随着手腕的旋转灵活舞动,完美地诠释了"愤怒"一词,这让我不禁想起了鹤望兰。

因为对这种花缺少应有的理解和喜爱,于是我回到另一种花上。虽然这种花也丝毫不能打动我,但是在西方它却有着非常好的地位,在扎花束的时候,它们总是被放在最显眼的位置上,这种花就是海芋。在我的家乡,它生长的环境是潮湿的森林。花朵像小小的号角一般,一直保持着绿色立在野地池塘的边上，我们把它叫作"修士"。在它卷起的号角中央位置，长着一根褐色的花柱，看上去俨然教坛上的布道神父。这个小修士花开得并不好。就让它待在奥德耶的矮树林里吧，在那儿，人们还可以看到这个春天的预告者，谁让你如此喜欢，像极了一只白色小羊羔的海芋。

你会跟唐吉说什么呢？那些生长在我住的新府邸前空地上的荨麻和狗牙根被海芋侵占了？这些没有味道的大号角，每天都会被一群乡下孩子糟蹋、砍伐、掳掠。每当看到这样的情景，我总是会心生怜惜，这些花儿只是想要活命而已。有时候，我会跟府邸那个装模作样的帮凶抱怨几句，但是他却双手叉在胸前，耸着肩膀，坚定地说：

"这些都是莠草，必须要砍掉。"

"可怜的海芋……"我无可奈何地感叹道。

他将自己天鹅绒般的眉毛一抬，缓缓地说道：

"不是海芋，是马蹄莲……"

罂粟

　　她的头颅总是轻飘飘的,晃来晃去好像一个铃铛,并且还不是一个内心空虚的铃铛。她的花冠圆圆的,上面排列着一根根极细的管子。等到成熟时分,她的种子就会通过这些管子像胡椒粉一样喷洒出来,然后在来年长成一株株新的罂粟,红艳艳的,甚是好看。为什么我们不从她身上去学习那些制造胡椒瓶、盐瓶、糖瓶的技艺呢?这是一个多么完美的造物。

　　如果我们对绿色的虎皮鹦鹉不加以阻止,让其恣意妄为的话,它们就会来啄食罂粟的种子。这是我们绝对不允许的,因为它的种子一旦成熟,苦涩的味道就会完全消散,进而产生一种杏仁般的怡人香味。小时候,我们十分钟爱罂粟的籽,经常大把大把地吞进去,这时大人们就会想出各种理由来阻止我们,例如吃了以后会消化不良、昏睡不醒等,甚至还会请出皮鞭来吓唬我们。我们因此睡得更久了吗?我不记得产生的副作用比那些经常抢着吃大麻籽的鸟儿更严重。我记得当时的麦田是极美的,虞美人属植物的花朵盛开着,它的气息和那些紫色的药用罂粟花相互辉映,而这时,花坛里的红色大罂粟正开得如火如荼,它那头顶上的秕子正干燥得轻轻作响。

这一位,被一些谨小慎微的人称之为"梅菲斯特"。猩红色的花杯底部有一块乌青,绿色的叶子竖着茸毛,让人不自禁地想要伸手去抓,而梅菲斯特就在这绿叶中傲然睥睨。费利克斯·德·旺德想要用它来征服看起来非常性感的德·莫尔索夫人,然而一切都是徒劳。这几乎要害了她,这位不幸的已婚女子在罂粟的作用下沉睡不醒。另外它还被使用到其他的罪行中,例如将罂粟放在奶瓶中喂给羸弱的婴儿,从而换取他的安息。

我把大罂粟那缓缓舒展开的裙裾和蓝色的花粉留在花园和田野。我和它的重逢是在巴黎,在重重紧闭的大门之后。它已经变成黑乎乎、糖浆状的东西,并且已经被严格地看管起来,被人们称为"毒品"。我已经认出了它的味道,但是与从前相比,

ELLEBORUS ATRORUBENS

—— 圣诞玫瑰 ——

人们都叫它圣诞玫瑰，不光在我们那里，在很多地方都是如此。说实话，它长得跟玫瑰一点都不像，甚至与娇羞泛红的犬蔷薇花也不相像，它和大多数的花儿一样，有着五瓣花瓣。

ELLEBORUS ATRORUBENS

这气味要更加可爱、更加完美，透过这种微妙的气味，我仿佛闻到了松露以及微微烘焙过的可可的味道。

喜欢鸦片的人并不需要一定抽过鸦片。那些贪婪的烟鬼完全将自己的灵魂寄托在鸦片上，让鸦片成为他们生命和灵魂不可替代的拯救。

铁筷子

人们都叫它圣诞玫瑰，不光在我们那里，在很多地方都是如此。说实话，它长得跟玫瑰一点都不像，甚至与娇羞泛红的犬蔷薇花也不相像，它和大多数的花儿一样，有着五瓣花瓣。在味道方面，它甚至不如一块小石子、一根草、一片落叶，它似乎并没有接到造物者所下达的散发芬芳的任务。但愿在12月份降临的时候，当皑皑白雪将大地覆盖的时候，它能够向你展示它知道如何去做。一场大雪纷纷而至，雪花有点碎，但并不是粉末状，而是重重的。西风狂吼呼啸，响彻整个冬天的夜，铁筷子好像先驱一样到来。在我童年的花园，如果将那冰雪覆盖的石板掀起来看，你就会发现它们偷偷地藏在那石板下面呢，瞧，这些冬天的玫瑰。

　　充满了许诺,给人出乎意料的惊喜,生命显得弥足珍贵,它弯着身子不动,但是它却活着,哦,铁筷子在冬眠呢。只要外面是冰天雪地,它们就始终保持闭合的状态,圆滚滚的,好像蛋一样,只是在鼓胀起来的花瓣顶上露出一抹淡淡的粉色,好像在向人们宣告:我们在呼吸,我们还活着。还有那生长茂盛的星形叶子和挺拔的枝干,都极力地彰显着它那令人动容的坚忍。当它们被采摘回来以后,敏感的贝壳状花骨朵儿已经感受到了房间中的温暖,慢慢地将它们的接缝松开,很快,那黄色的绸缨子就好像卸掉了枷锁一样,被解放出来,幸福地舒展开来……铁筷子,当你们被送到花店的时候,首先要经历的过程就是将你们的花瓣全部掀翻过来,要知道郁金香也会受到它们同样的折腾,甚至虐待。与那些卖花郎相比,我会反其道而行之,我向你们保证,一定会好好地呵护你们,在我的家里,水会一直漫到你们的喉咙口,温暖的光线会一直照到你们的眼睫毛上,而你们要做的,就是继续保持你们羞赧的睡眠,然后一直这样,直到在人类的手中死去,而铁筷子啊,那些温暖的积雪本可以让你们保全性命的。

Chapter 2

茜 多

茜多

　　"为什么我不要继续做自己村子里的人？想都不要有这样的想法。你现在神气了，我的小宝贝？你是多么可怜呀，就因为你结婚以后要生活在巴黎吗？每当看见这些巴黎人自以为生活在巴黎就十分了不起，那些土生土长的巴黎人把自己当成了贵族，而那些没有根底的外来住户则因为自己在巴黎落脚而觉得自己升高了一个档次的事情，我总是忍不住想要发笑。如果按照这样的想法来说，我可算是有吹嘘的资本了，我的母亲出生的地方就是波纳努维尔大街，她可是地道的巴黎人！而你呢，只不过是嫁给了一个巴黎人，与她相比，你就好像是她脚后跟上的虱子，根本不值一提。而对于那些土生土长的巴黎人来说，他们并不会将这种看起来的优势写在脸上。就好像所有的痕迹都被巴黎抹去了一般!"

她说话的中间停顿了一下,然后顺手将遮着窗户的珠罗纱帘子撩起来:"啊! 你瞧,岱芙南小姐正带着她那位从巴黎来的表姐到处转悠呢,看她的神情是多么的趾高气扬。关于这位盖利奥夫人是从巴黎来的这件事,单是从样貌上就能猜测一二:丰满的胸部,纤巧的足,脚踝看上去细弱得简直不能承受身体的重量;脖子上挂着的项链有两三串之多,头发也梳得非常精致……从这位盖利奥夫人的打扮上,我只需几眼就知道她是一家大咖啡馆的收银员。因为在巴黎,女收银员更愿意打扮她的头脸和上半身,反正下半身被收银台挡着别人也看不见。另外由于工作的性质,她们不常走动,肚子总是吃得那么肥,这种水桶腰的女人在巴黎可谓司空见惯。"

从前我还是一位年轻女子的时候,我的母亲就经常会发表这样的议论。在我还没有结婚的时候,她对外省的青睐就已经远超巴黎。她那些语重心长告诫我的明言警句,我很小的时候就已经记得非常清楚。有时,我会觉得很纳闷,她每年也就出三次远门,她话里的这种权威性,这些精致的言谈是从哪里学来的呢? 这种定义、分析问题的天分又是从哪里获得的? 那些敏锐的观察能力又是从何而来?

关于我对外省的喜爱,如果说不是她遗传给我的,那也是耳濡目染,受到了她的熏陶,从某种意义上来讲,外省不仅是一个远离首都的地方,同时还是一种纯朴的民风、一种等级意识的象征。人们为住在古老的宅子里而感到荣耀与自豪,这些老宅子的门窗总是处于关着的状态,但是只要人们愿意,互相间都可以自由来往。谷仓通风效果良好,干草堆满了整个干草房,主人们也都秉持和传承着家族流传下来的规矩和尊严。

我那迷人的母亲是一个地地道道的外省人,但是她常将自己灵魂的眼睛盯在巴黎上。她对巴黎的时尚、节日、戏剧并不是完全无动于衷,也并不像表面看起来的那样陌生。她之所以会喜欢它们,完全是因为那种有点咄咄逼人的激情,一会儿爱俏,一会儿又赌气,一会儿不再疏离,一会儿又怨天尤人。大约每两年,她就会去巴黎体验一次,感受那里的氛围。尽管中间要隔两年之久,但是也足够她其余的时间享用了。她每次从巴黎回来,总会带各种各样的礼物,有外国风味的食品和衣料、巧克力块等,但是最多的还是紫罗兰香精和演出的节目单。等安顿下来,她就开始向我们描述在巴黎所见到的一切,事无巨细,甚至每一个轮廓都描述得那样恰如其分。

在短短一星期的时间里,她完成了很多活动:参观了新出土的木乃伊、一些新开张的商店、扩建以后的博物馆,听了男高音独唱,甚至还听了关于缅甸音乐的讲座。她还带回来一些衣物,其中有一件极为朴素的大衣、几双平常穿的长袜和昂贵的手套。最令我们兴奋的还是她带回了她那明亮的灰色双眸,以及她那因为旅途疲惫而泛着红晕的脸庞。她像一只鸟儿一样,扑腾着翅膀回家,担心因为自己不在,家中的一切都会变得索然无味。她从来不知道,每当她回到家中,那灰色大衣上夹带的淡栗色芬芳都给我一种无可名状的内心感受,她所拥有的贞洁的、女性的清香与那些庸俗女子腋下所发出的蛊惑的味道有极大的差别。

她回来了,家中的一切都恢复了生机,这只是她一个手势、一个眼神就能解决的事情。多么麻利的手呀!她将粉色的丝带剪断,解开那些来自殖民地的特色食品,然后将黑色的柏油纸精心地叠好。这些柏油纸散发着漂洋过海的气息。她一边说着话,一边将母猫唤到跟前来,眼睛快速地掠过我那已经有些消瘦的父亲。她将我的长辫攥在手中,摸了摸,又闻了闻,确信我已经梳过头发了⋯⋯有一次,她刚刚解开一根发出声响的金色细绳,忽然就看见了一株天竺葵,它在罗纱窗的下面,紧挨着一扇窗户的玻璃。它的一个枝丫折断了,耷拉了下来,但是并没有死掉。她立刻找来一块小的硬纸片,给它作为支撑,然后用刚刚解下来的金色细绳缠绕上去,实是有二十圈之多⋯⋯见此情景,我不由自主地颤抖了起来，而这情景不过是一种诗意的共鸣罢了，这种共鸣当然是由金丝带的救助产生的强大魔力唤醒的……

虽然母亲是非常典型的外省人，但是母亲却丝毫没有喜欢贬低他人的习惯。她的批判精神就好像是一条小蜥蜴，活泼、灵动、快乐、热情，只要半空中出现特征、瑕疵，它就会猛地上去咬住，就像黑暗的夜空中一道明媚的闪电，像一道洞悉狭隘心灵的光亮。

她在和某位心思并不单纯的人谈过话之后问道："我脸红了吗？"

她的脸确实是红了。这个真正的女预言家在深入他人内心深处之后，总会产生一种呼吸不畅的感觉。有时候，即使是一次非常平淡的谈话也会让她满脸通红，浑身失去力气，需要长时间地倚靠在那绿色棱纹平布大软垫圈椅的扶手上，等待精力的恢复。

"啊！韦弗内这一家人！……真是累死我了……韦弗内这一家人，哦，我的上帝呀！"

"妈妈，他们到底对你做了什么？"

我放学刚回到家中，嘴里还塞着一块羊角面包。新鲜面包并没有被我完全吞进去，一角还裸露在嘴巴外面，上面涂满了黄油和覆盆子果冻……就听到妈妈在不断地唠叨着。

"他们做了什么？他们来拜访过了？还有比这更糟糕的事情吗？新婚的小两口前来拜访,韦弗内的大妈居然陪着一起来了……啊！韦弗内这一家人呀！"

她尽管如此抱怨,但是并没有对我多说,过了一会儿,父亲回来了,我这才听到了最完整的故事。

"是的,"我的母亲谈论道,"一对刚刚结婚四天的小夫妻,这是多么不符合规矩呀！结婚才刚四天,本来就应该在家里躲着,不该出现在客厅里,不该在大街上招摇过市,更不该和婆婆或者是丈母娘一起外出去见人……你还笑？你真是对规矩分寸一窍不通。看到那位结婚才四天的新娘子,我现在还为她感到害臊呢。关于她,至少她还知道有点不好意思,那羞赧的模样就好像是掉了衬裙或者是在一张油漆未干的长凳上落座。而他呢,那个男的,简直……他的模样实在让人厌恶。他长着杀人犯一样的拇指,两只大眼睛的深处嵌着一对极小的眼珠子。一眼看上去,就是那种精于算计、可以摸着良心撒谎的人,况且,到了下午他就感到口渴,想要喝水,这可是典型的胃有毛病、急性子的征兆。"

"啪!"我的父亲听完母亲的话以后鼓起掌来。

过了没多久,她教训的对象就应该是我了,因为我问她穿夏天的短袜可以吗。

果不其然，她很快开始了："你什么时候才能不学咪咪·安托南刚从外婆家回来的样儿？咪咪·安托南是巴黎人，你呢？是本地人。只有巴黎的女娃儿们才会夏天不穿长袜，露出他们像竹竿一样纤细的腿，而冬天是身着吊脚裤，屁股被冻得通红。那些巴黎的妈妈们倒是对这样的事情有补救的办法，每当孩子们冻得颤抖时，她们就会将雪白的蒙古小毛皮围巾围上去。等到天气非常寒冷的时候，她们还会再给孩子加上一顶无边的软帽作为搭配。并且，她11岁的时候是不会开始穿短袜的，你以为就凭你那小脚踝也能穿出去吗？如果像那样穿着，看上去无异于一个跳绳的杂耍演员，我看呀，到时候你就缺一只白铁皮的碗了。"

她就是这样说话，出口便能成章，从来都不需要搜肠刮肚地去打腹稿。她还有几样法宝时时刻刻都带在身边，我口中的法宝指的就是两副眼镜、一把折叠的水果刀，经常还要加上一把园艺剪刀、一把衣刷和一些旧的手套，有时甚至还会是一根藤手杖，上面叉开三个口子看上去像球拍一样，我们就把它叫作"拍子"，它主要的用途就是拍帘子和家具。她的这些法宝几乎每天都会用到，只有等到外省的节日期间，母亲这些稀奇古怪的法宝才会停止它们的工作，给彻底的大扫除、洗衣服、在毛衣和裘皮大衣里放香料这些事稍稍地让位。但是对于打扫壁橱角落的事情，她十分反感，她不喜欢樟脑酚的气味，说这如葬礼般让人难受。于是她总是用几根剪成水果糖形状的雪茄来替代，加上父亲海泡石烟斗底部的烟垢，这些东西都具有良好的驱虫效果；除此之外，她还在柜子里放了只蜘蛛，这可是那些虫子的天敌。

母亲活泼好动，但是她却算不上一个兢兢业业的主妇；她干净、整洁，对于事物喜欢挑剔，但是与整天清点餐巾、糖块、装满酒的酒瓶数量的癖好相去甚远。每次女佣擦拭玻璃的时候，她就会拿着一件法兰绒衣裳，一边看着一边对着邻居发笑。每次她都会格外烦躁，抱怨着被憋闷坏了。

她说："你知道吗？当我长时间认真地擦拭我的中国陶瓷茶杯的时候，我就感觉自己正在慢慢地变老……"

她将所有的任务完成以后，就会跨过我家门口的两级台阶向花园里走去。一到了那里，她的心情顿时好了起来，所有的烦躁、压抑、埋怨全部都消散了，就好像这里的花草是作用在她身上的一剂解药一样。她用自己独有的方式轻轻地将玫瑰花的下巴托起，然后认真地端详着它美丽的容颜。

"看呀，这朵三色堇长得与英国的亨利八世多像啊，同样有着一圈络腮胡子。"她说，"说实话，这些黄色、紫色的三色堇总是一副圆滑世故的样子，我真是不太喜欢……"

在我出生的那个街区，几乎每家都有花园，没有花园的人家甚至数不到20家，即使十分局促的人家也会有一个院子，里面种着些花草或者是荒芜着，长满了或者是零星长着花花草草。每一所房子后面都会有个隐藏起来的"后花园"，和其他人家的后花园也就只有一墙之隔。这些"后花园"成为村子一道亮丽的风景。夏天来临，人们在那里洗衣服；冬天到来，人们在那里劈柴。俏皮的孩子们总是喜欢在这里玩耍，爬到那些刚刚卸完草料的大高车栏上去。

和我家花园挨着的那个院子并没有什么新奇的地方：地面并不平整，有一点点倾斜，高高的老墙内生长着一棵参天大树，守护着我们花园中上上下下的每一个地方。小山丘的斜坡上面喧闹的人声回响着，各种来自四面八方的消息从远处房屋环绕的菜园中飘到了我们的花园中。

在我们家的花园的北边，阿尔道夫大妈一边唱着简短的小圣歌，一边扎着紫罗兰花束。我们村子遭到雷击的教堂的祭坛上正等待着这些美丽的花束，如今的教堂早已没有了钟楼。南边，米东一边铲地一边打着喷嚏，时不时地和他的白狗说话。7月14日国庆节这天，他将白狗的头染成蓝色，屁股是另外一种颜色，也就是红色。东边，一阵铃声在公证人的手中响起，充满了忧郁之感，它向人们宣告有一位顾客来到了……人们凭什么总是对我说外省人有很重的戒心？在我们的花园里人们可是无所不谈，完全没有戒备心的。

哦！我们的花园生活是多么可爱，彼此礼尚往来，一片祥和。那开满鲜花的菜园和饲养着家禽的小树丛，到处都殷勤有礼，充满了恬淡的味道。紧挨着墙根栽种的一排果树、青石板瓦脊上一溜的青苔、花朵红艳似火的景天、公猫和母猫散步的林荫大道，它们会遭到怎样的厄运呢？在墙的另一边，街上的孩子们放肆地晃荡着，玩着弹子球，将小小的衬裙卷起，在小溪中戏水；邻居们互相打量着对方，只要有路人经过这里，身后总会听到他们的咒骂、调侃和嘲笑的声音，而那些男人们并不喜欢多说什么，只是在门槛上默默地吸烟、吐痰……我家房子的大门是铁灰色的，几扇百叶窗也已经褪去了颜色。我家大门平日里总是关着的，只有在我回到家时不按规律地叫喊、鸟笼里的金丝雀啁啾、门铃声引起的一通犬吠之后才会稍稍地打开。

或许我家花园里的安宁气氛感染了周围的邻居，他们的院子也格外安静。在我家的花园里，孩子们从来不会出现打架的情况，无论是动物还是人，叫喊或说话时总会是柔声细语。丈夫和妻子在一起生活30多年，从来不会大声地吵闹使声音超过正常的分贝。

我记得那个时候，有几个冬天非常冷，夏天非常热。从那以后，我虽然也经历过很多炎热的夏天，但是每当我将眼睛闭上，脑海中总会浮现出这样的一幕：一杆杆麦子中间、欧洲防风伞形的野花下,赭石色龟裂的土地裸露着,远处是那蓝色或者是青灰色的大海。除了我童年时代的夏天,没有哪一个夏天会让我对猩红色的老鹳草和洋地黄火红色的花萼格外怀念;也没有哪一个冬天会像以前一样白茫茫的一片,瓦片状的浮云堆满了天空,向人们预示着一场更大的暴风雪即将来临了。当冰雪消融之后,无数闪亮的水滴和稚嫩的尖芽都呈现在我们的面前……天空很低,低到压在草料棚顶部皑皑的积雪上,压在光秃的胡杨树和风向标上,甚至那母猫的耳朵也被压得卷曲起来……雪是那样寂静,笔直地飘落下来之后变得更加飘摇,尽管我戴着风雪帽,但是远处大海隐隐的鼾声依旧透过帽子钻进我的耳中,而我呢?在花园里阔步走着,在漫天飞舞的雪花中欢乐着……凭借她敏锐的感觉,母亲走上露台去感受了一下天气,然后冲着我大声地说道:

"西边已经起风暴了!快点跑!把阁楼上的小圆窗关上!……还有那车库的门!里屋的窗户!"

我听到母亲的话以后,兴奋极了,就好像是一个出生在船上的小水手,一头冲过去,脚上的木屐发出啪嗒啪嗒的声音。我有点着了迷,不知道黛青色和白色的乱云深处一道耀眼而呼啸的闪电、一声短促而沉闷的雷声、西风以及2月的孩子们,能不能将苍穹裂开的一道天堑填平……想到这里,我情不自禁地打着哆嗦,完了,感觉世界末日要来临了。

外面的雷鸣声响彻天地,令人感到战栗,然而我的母亲久久注视着一个镶着铜边的放大镜,不停地数着雪花六出的晶体。我不禁赞叹她手中刚刚从花园的西风中所采集到的一捧雪花。

哦,天竺葵,哦,洋地黄……二者都成了最美的风景。洋地黄蔓延生长,成为一片矮林,而天竺葵像一排闪亮着的舞台脚灯一样沿着露台生长着。有了你们的映衬,我的脸上泛起了红光。因为茜多喜欢花园里各种各样的花,那大红、粉红色的玫瑰,剪秋罗,绣球花和蜀葵那绚烂的花枝,甚至酸浆花也是她的最爱,尽管她经常会责怪它粉色的花苞上总是布满的殷红色叶脉让她不由地想起那新鲜的小牛肺……她虽然和东风约定,但是却并不是心甘情愿。"我和它商量商量。"她总是这样说。但是在她心里仍旧充满怀疑,对四面八方充满了警惕,提防着这个背信弃义、冷面无情的老天。她将那些耐得住冬尽春寒的守夜者,如几株秋海棠、铃兰花的鳞茎、紫色的番红花都托付给了它。

除了银杏树和树底下的一簇夹竹桃花丛——我常把它的叶子送给学校里的同学,那叶子长得像鳎鱼,同学们都把它们夹在地图册里阴干——整个花园都在一片金黄色的阳光下温暖地沐浴着,散发出紫色的、红色的光芒,但是这种光芒的来源却让我迷惑了,是来自幸福的温情还是一时的炫目眼花呢?那些被黄色炽热的沙砾蒸着，骄阳似火的夏天，那些透过我灯芯草编织的大草帽，几乎没有黑夜的夏天……我在很小的时候就已经对黎明情有独钟，母亲将它作为一个奖赏的礼物许诺给我。我要求她凌晨三点半的时候叫醒我，然后两只手上都各挎着一个空篮子，朝那小溪狭窄的河湾里走去，寻找那隐匿在其中的菜地、草莓、黑茶藨子和毛毛须须的醋栗……

凌晨三点半，一切都处于沉寂中，展现给人们一片原始、混沌、潮湿的蓝色。当我从沙地的小径走过，浓重的雾气首先打湿了我的双腿，然后逐渐打湿我整个小小的身躯，最后漫到我的嘴巴、耳朵以及极其敏感的鼻孔里……就这样，我一个人走着，这片土地淳朴简单，没有丝毫的危险。也正是在这条小路上，在这个寂静的时光里，我体会到了自身的价值，意识到了一种无以言说的优雅，甚至感觉到我和那清晨觅食的第一只鸟、迎面吹来的第一阵风、出世时改变了形状但依然还是椭圆形的太阳有着一种息息相通的情感……

每次出门的时候，母亲都不忘叫我一声"小美人""纯金宝贝"，她对自己的"杰作"凝望着，然后看着我在斜坡上跑远，越来越小。我想我过去的时候或许是一个美丽的人，但是母亲并不同意这样的说法，从那些儿时的一些肖像上来看，亦是如此……我美丽是因为我当时年龄还小，因为太阳的照耀，因为在各种花木的翠绿的映衬下而加深的蓝色眼睛,因为那满头直到后来才能梳光滑的金发,还因为早于那些熟睡的孩子起床的优越感。

当我听到第一场弥撒钟声敲响的时候,就开始起身回家。但那个时候,我已经在外面吃饱了,像一只独自捕猎的猎狗一样在林子里整整转悠了一大圈,并且还品尝了我景仰已久的两股暗泉。其中一股泉水从地表喷涌而出,那水花晶莹剔透,声音就像是人在呜咽。它在沙地上流淌着,最终冲出自己的河床。然而它刚刚诞生却很快就泄气了,马上又偷偷地钻到了地底下。另一股清水并不张扬,几乎从外表看不出来,就好像一条蛇一样紧挨着青草默默地流着,在一片草地的中央逐渐地向四周蔓延开来,只有草地上那开着圆圆花朵的水仙为它的存在做着见证。这两股泉水的味道都很特别,第一股泉水味道像极了橡树叶子,第二股泉水似乎有铁和风信子茎的味道……每当说到这两股清泉,我就希望一切能够就此完结,因为我的口中满是二者的芳香,希望我能含着梦想中的清泉远离尘世……

在四方的神灵中,母亲向来都是直接召唤他们,然后就某个问题与他们辩驳,这就像是沙龙绅士所谓的受到神灵启发而做出的简短的内心独白一样,而这些殷切诚恳的问候大多数都是关于花草之类的——在德弗罗尔先生和阿尔道夫大妈之间,在塞伯与葡萄园街之间,在东南、东北、西南、西北四点连成的一片不近的范围内，他们和我们取得联系的方式就是一些暗哑的声音和信号。我的孩子气的骄傲、我的想象总是将我们家的房子放在中心，在那个由许多花园、阳光、风组成的巨大罗盘上，而在所有的地方，任何一个角落都是由我母亲所控制影响的。

我无时无刻不是自由的，这种享受取决于我可以轻轻松松地跨过一道高高的栅栏、一堵矮矮的墙、一个倾斜的"屋顶"——当我来回跨过各种障碍落在花园中的砾石地上的时候，信念和幻想再一次回到我的身上，因为母亲每次都会问我"你到哪儿去了……"然后就会习惯性地皱起眉头，但是转而又变得心安，这个时候她所表现出的容光焕发的样子只有在花园里才能看到，也就是这时的她，比起平日在屋子里伤心忧愁的样子要漂亮许多。一定是得到了母亲的交代和关照，花园里的围墙变高了许多，那些我轻松一跃就可以跳过的一道道矮墙也用新土取代了，接着，我又跳过一根枝杈，坐在高处看着家里这些奇奇怪怪的事情。

"塞伯，我听到的是你吗？您看见过我的母猫没有？"我母亲叫道。

她戴着宽檐的红棕色大草帽，此刻已经向后一推，草帽就掉到了背后，然后由一根栗色塔夫绸的带子挂在脖子上不至于掉下去。她抬起头来望向天空，露出了没有丝毫恐惧的灰色眼眸和宛如秋天苹果一般颜色的脸颊。难道是她的声音惊走了风向标上的鸟儿、滑翔的蜂鹰、胡杨树上的最后一片叶子？又或者是刚刚在黎明时有一只只猫头鹰慌慌张张飞入的圆窗？……哦，真的让人不可思议，然而那又是确信无疑的……一个感冒了的预言家的声音从左边的一片云里传出,似乎说出一句:"没有,科……莱……特……夫人!"那个声音听起来十分的艰难,像是穿过一蓬乱糟糟的胡须、一团浓重的雾气,然后从冒着寒烟的池塘水面上滑了过来。又或者是:"见……过……科……莱……特……夫人。"从右边传来一个天使尖尖的声音,他很可能是栖身在一片纺锤形状的云朵上,想要朝着新月奔去:"它听……到……您的叫声了,它正在……穿……过……丁香……"

"谢谢你!"我母亲听见了声音,随即答道:"塞伯,如果是您的话,就请您将我的短桩和移栽花木的绳子还给我好吗?我排列生菜的时候需要用到它们呢。你只要轻轻用力扔过来就可以,我将它们靠在绣球花边上!"

就好像是魔法显灵时的果子,也像是梦中的馈赠和巫术的玩具,那团十几米长的细绳子缠在短桩上从空中飞了过来,不偏不倚地落在我母亲的脚边……

还有好几次,她对那些看不见、地位低下的精灵们许下了诺言,答应给他们一份新鲜的祭品。恪守着礼仪,她仰头向上天询问心意。

"请问谁想要我那红色的重瓣紫罗兰呢?"她大声地喊道。

"我,科……莱……特……夫人!"一个幽怨的声音从东边传来,是一个女人的声音,但是并不能听出来是谁。

"接着!"母亲说着扬手扔去。

于是,一个用一根黄水仙叶子扎起来的小花束从半空中飞向东边,被那个充满幽怨的女人千恩万谢地接受了。

"它们真是太香了,我怎么就种不出这样的花儿呢……"

"那当然了,"我心里是这样想的,差一点跟着脱口而出,"那是气候的问题……"

黎明时分,有时天还没有亮,无论是好雨润无声,或是冰雹成灾,我的母亲都十分关注。因为耳濡目染,每天接受母亲的熏陶,我每天早晨醒来,在被窝的时候就开始关心:"今天的风是从哪个方向吹来的呀?"她回答我说:"今天的天气非常好……王宫广场上到处都是麻雀……"或者就会是"天气非常恶劣呢……这个节气大概每天都会是这样的天气"。现在,我不想再向母亲询问,而是想要自己去寻找答案。我学会观察云的流动方向,聆听壁炉中好像潮汐般的响动,让西风吹拂我身体上的每一寸皮肤,感受鲜活、潮湿的不同意味,就好像一个非常友善的怪兽吹出来两股方向相反的气息。只有东风特别凛冽,成为可怕的敌人,北风和干冷的表兄弟来临,我才会用力地蜷缩成一团。复活节后的第一个月是倒春寒，这时我的母亲会非常忙碌，她要给所有的小作物都套上圆锥形的纸袋。她说："这天气，马上就结冰了，母猫要开始跳舞了。"

她有着非常敏锐的听觉，这使她能得到天气状况的预警，甚至有风来时也会收到预警。

她对我说："你听穆捷那边！"

她将食指抬起，在绣球花、水泵和玫瑰花丛中站定，从越过最矮围墙吹过来的风中预测着天气的动向。

"你听到了吗？……快点把椅子、你的帽子、书收起来！穆捷那边已经下雨了。雨很快就会下到我们这里，也许也就两三分钟的工夫吧。"

我使劲将耳朵伸向穆捷那边。雨珠均匀打在水面上的声音从地平线上传来，还有一池淡淡的雨水的气息，甚至还能听见雨水慵懒地打在绿幽幽的花盆上……我期待这场雨水。不一会儿，雨水滴落在我的脸颊上、唇上，从而验证了那位世界上唯独一人——我的父亲——叫她"茜多"的女人的预言是准确无误的。

那些推测天气的方法，虽然在她死了以后有些许褪色，但是在我的脑海中一直游荡着。一种是从对黄道带①的观察中得来

---

① 即天球上黄道南北两边各 90°宽的环形区域，因为这一环形区域涵盖了太阳系所有（八大）行星、月球、太阳与多数小行星所经过的区域。

的,另一种则是从植物上得来的:某些信息和风、月的朔望①,地下水的盈亏都有着非常密切的关系。也正是因为这些,母亲觉得巴黎毫无乐趣,因为它们与外省不同,完全没有了那样的自由,刻板得令人毫无疑问。

她曾经跟我坦诚地讲过:"如果生活在巴黎,我一定得有一座属于自己的美丽的花园……再说也不是在巴黎的每一座花园里我都可以为你采摘燕麦粒,然后在一张硬纸板上将它们绣起来。这样得来的晴雨表是多么难得啊。"

关于这些简陋的晴雨表,我感到十分遗憾,常常会责怪自己,因为几乎将它们全部丢光了,一个也没有剩下。燕麦的两头有着长长的胡须,和瘦虾一样。燕麦被钉在一张硬硬的纸板上,通过它长长胡须的转动情况,人们就可以知道气候的干湿。在剥起洋葱方面,母亲简直是无人可以匹敌,她总是一边剥着云母片一样的洋葱皮,一边说:"一……二……三层!这个洋葱足足有三层皮呢!"

她光顾着说话,任由夹鼻眼镜掉在膝盖上,一副满心思考的样子说:

---

① 朔是指月球与太阳的地心黄经相同的时刻,这时月球处于太阳与地球之间。望是指月球与太阳的地心黄经相差 180°的时刻,这时地球处于太阳与月亮之间。

"这可是严冬的预兆呢。我得让人用草秸把水泵包裹起来，以免冻坏了。并且，你看那乌龟已经钻到地里面去了。而拉吉耶迈特周围的松鼠们已经开始偷取大量的榛子和核桃，为过冬准备食物了。松鼠们总是最聪明的，它们什么都知道。"

如果解冻的消息在一家报纸上刊登出来，我的母亲总是很不屑地耸耸肩，然后用嘲笑地口吻说道：

"解冻？巴黎气象学家能教我们些什么东西？还是去看看母猫的爪子吧！"

事实果真如此，母猫最害怕冷，它蜷缩着身子，将爪子严严实实地藏在身子下面，紧紧地闭着双眼。

"如果是时间很短的寒流，"茜多继续说，"母猫就会使劲蜷缩自己的身子，变成包头巾那样，鼻子和尾巴根紧紧地贴上。如果是严寒大冻，它就会把前爪的脚掌心也收起来，蜷缩成小抄手的样子。"

她一年到头总会摆弄着几盆花，将它们放在漆成绿色的木头架子上，这些花有稀有的天竺葵、矮本月季、白色花瓣上长有彩斑的绣线菊、长着刺的仙人掌、毛茸茸的像螃蟹一样的"多肉植物"……这个实验园艺馆被一个抵挡寒风的墙角守护着，还有几个沉寂的红色陶土盆，里面有疏松的泥土。

"别碰它们！"

"可是里面什么都没有长啊！"

"你知道什么呀？这是你说了算的吗？那些插在花盆里的木头标签上有说明，你看看！这个是蓝色羽扇豆，那个是荷兰进口的水仙鳞茎，那个是酸浆草的种子，那个是木槿的插条——这可不是看上去的一根枯枝！那个是香豌豆的种子，它开的花跟小兔子的耳朵十分相似。还有这个……那个……"

"那是什么？"

母亲将帽子向后使劲一甩，又挂在了脖子上，夹鼻眼镜的链子放在嘴里咬着，表情十分天真地对我说：

"这可真难住我了……我竟然不知道它们是我埋的天蚕蛾的蛹还是番红花的鳞茎呢……"

"只要将土剖开看看就知道了嘛……"

茜多的手飞快地伸了过来，阻止了我的手。母亲的手原本有着葱尖般的手指，指甲也是圆润而饱满的，但经过多年的家务活、园艺活、水和阳光的磨损，现在变黑了，皱粗了，也刻上了深深的皱纹……

"不管怎样都是不能碰的！如果里面是番红花的鳞茎，它那白色的嫩芽接触到阳光以后就会立马变得憔悴，甚至枯萎致死；如果里面埋的是蚕蛹，那么它一接触空气就会死掉的——如果这样，还得从头再来！我说的话你明白了吗？你不会再去探究它了吧?"

"妈妈,我不会的……"

这时,她那张被诚实与好奇心照亮的脸庞逐渐消失了,取而代之的是一种略显苍老,但是却充满温柔与宽容的脸庞。她知道我一定不能克制自己,被强烈地想要弄个明白的欲望不断地驱使着,我总会学着她的样子去花盆里翻翻看,直到知晓土里埋藏的秘密为止。她也知道有什么样的母亲就会有什么样的女儿,但是我却对我们的相似之处并没有发觉,在孩提时代,我就已经开始寻找各种刺激的东西,从而去实现一种加速的心跳以及呼吸的停顿,这是一种来自寻宝者孤独的沉醉。一个宝藏的埋没,并不仅仅是泥土、岩石或者是浪涛所为。黄金和宝石的梦想不过只是还没有成形的海市蜃楼而已;对于我来说,唯一重要的就是将我之前世人的眼睛还没有接触的东西挖掘并展露出来……

于是,我偷偷地溜进实验花园,开始刨土挖坑,毋庸置疑地与正在冒芽的鳞茎子叶相撞,它在春天勃勃生机地催促下撑破种壳而生长。那个粗暴的黑褐色的蛹盲目的命运被我完全阻挠,它从暂时的睡眠中突然来到了终极虚无的境地。

"你不会明白的……你不会明白,你是一个小杀手,只有 8 岁……10 岁而已,你对那些想要活着的生命完全不明白……"

面对我的过错，母亲非常无奈，我也没有受到过除此之外的其他惩罚，但是于我来说，这种惩罚却是足够严厉的……

对于花的用途，茜多很在意，她不喜欢将花用在祭奠中，而是喜欢送给别人，有好几次我看到她拒绝人们想要用她的花去装点坟墓或者是灵柩。她阴沉着脸，眉头紧锁着，用一种近似报复的口吻坚定地说"不行"。

"可是死的人是可怜的昂菲尔先生啊，就在昨天夜里，他刚刚过世！昂菲尔夫人看起来可怜极了，她希望自己的丈夫离开人世时是在鲜花的拥簇下，这将给她带来极大的安慰！您现在有如此多的苔玫瑰呢，科莱特夫人……"

"太可怕了，我的苔玫瑰竟然要放在一个死去之人的身上！"

她惊叫过后，慢慢地回过神来，又继续说："绝对不行，没有任何人可以让我的苔玫瑰与昂菲尔先生一同被埋葬。"

可是有一天，我家花园东边的一个邻居少妇将她的宝宝抱给母亲看，她却完全心甘情愿地折下一朵美丽的花送给这个很小的婴儿，尽管他还不会说话，不会取悦别人。我母亲责怪她把宝宝身上的襁褓裹得太紧。等到将宝宝身上的三角帽和丝毫不起作用的羊毛绒布解开以后，这个 10 个月大的宝宝就完全展露在母亲的眼前。这个宝宝要比其他 10 个月的宝宝漂亮很多，有着铜环似的卷发，大大的黑眼睛透着一股严肃的神情。母亲使劲瞧了个够。她给了他一朵玫瑰花，像美人玉腿白里透红，美极了。孩子一把抓过来：他把花儿放到自己的嘴里，又用自己有力的小手蹂躏着这朵美丽的花，把像宝宝嘴唇一样红润饱满的花瓣揪扯下来。

"快住手吧，你这个小坏蛋！"年轻的少妇说。

但是我的母亲丝毫没有愠怒，而是用温和的眼神和话语赞许宝宝对玫瑰花儿的摧残。我在一旁沉默不语，心理却充满了嫉妒……

同样地，她也不喜欢将自己的花借给别人摆在圣体瞻礼节临时搭建的祭坛上。重瓣天竺葵、半边莲、石蜡红、矮本月季和绣线菊都是母亲所庇护的花。母亲之所以会对天主教这样，是因为她与天主教的幼稚和奢华丝毫没有融合——尽管她是在天主教受洗，在教堂举行婚礼的。在我 12 岁的时候，母亲还曾经允许我去教堂听基督教的教理讲授课，并且同其他的人一起学唱圣体降福仪式上的赞歌。

参加基督教教理讲授课的同学们在 5 月 1 日那天将春白菊、丁香花和玫瑰花平放在圣母祭坛上，我作为他们其中的一员，带着无比的自豪炫耀出一束"被上帝恩泽沐浴过的花枝"。母亲一直盯着我将金龟子带到客厅里，并且一直引到她的台灯下，然后用一种对神明一点也不尊重的口吻嘲讽着说：

"你以为它们之前就没有沐浴过上帝的恩泽吗？"

我不知道母亲疏远所有的信仰是为什么，我本来应该去研究个明白的。我并没有向我的那些传记作家提供过太多母亲的信息，然而在他们的笔下，我的母亲一会儿被描写成粗野的农妇，一会儿被描写成"满脑子充满幻想的吉卜赛女郎"，他们中的一个甚至让我震惊，居然指责我的母亲曾经为那些年轻人写过文学小品。

事实上，这个法国女人的童年是在约讷度过的；她的少年时代是在比利时度过的，当时她经常生活在一群记者、画家、音乐演奏高手周围，因为她的两个兄长已经定居在那里了。后来她回到约讷，有过两次婚姻。那她外省的格调品味和乡野的敏锐又是从哪里来的呢？受到了谁的熏陶呢？我无从知晓。但是我却尽我所能地去歌颂她。我赞美她天生充满了仁慈，但是这一美德在与她称为"世俗"的接触中，经常会消解或者是熄灭，因此总会发生一些令人并不愉快的事情。我曾经看到她将一个稻草人挂在一棵樱桃树上，想以此来吓退乌鸦的入侵，这一点是受到我们性格温和的邻居的影响，因为这位邻居哪怕感冒了，连续不断地打着喷嚏，也要把他的樱桃树装扮成一个老流浪汉的模样，将醋栗色的毛茸茸的帽子带在它的头上。没过几天，我看到母亲一动不动地站在树下，聚精会神地凝望着天空，就这样把人间的宗教摈弃了……

　　"嘘！……你看……"

　　一只黑色的乌鸦，身上的羽毛透着绿色和紫色的光泽，正在树上啄食樱桃，不停地吮吸着汁水，那粉嘟嘟的果肉都被它弄烂了……

　　"你看它多俊俏啊！……"我的母亲用很轻的声音赞叹道，"你看见它那用爪子的姿势了吗？看到它那头部灵活的动作和倨傲的神气了吗？它用鸟喙掏空果核的动作是多么灵巧，你瞧见没，它还专门挑那些已经成熟的吃呢……"

　　"可是，妈妈，稻草人……"

　　"嘘！……它才不会被稻草人吓到呢……"

　　"可是妈妈，我们的樱桃……"

　　在我提醒下，我母亲才将自己的一汪秋水般的眼睛落回到地面上："樱桃？……啊，是啊，我的樱桃……"

　　在她的眼中，我看到一丝嘲讽的迷狂、一丝舞动的桀骜、一丝傲世的不屑，轻轻松松地就将我和周围的一切全部览尽……那只是持续了一个瞬间——并不是唯一的瞬间。现在我对她的了解更深一步，我完全可以阐释她脸上无限的荣光。我感到点燃它们的，是一种要超脱万物和众人，向着天空，向着她，只为她而镌写的法则升华的需求。要是我的理解有错误的地方，那就让它错下去吧。

在樱桃树下，她再一次融入我们的中间，而从那一刻开始，她的心间又萦满了那些被遗忘的烦恼，关于爱情、孩子和丈夫。在她平凡的生活中，她是那么善良、谦卑、圆融。

"樱桃，那倒是真的……"

乌鸦吃饱以后飞走了，稻草人没有起到丝毫的作用，只是在风中不停地摇曳着它那顶空空无物的黑礼帽。

"我见过，"她对我说，"真的，我确实见过7月飞雪，我说给你听。"

"7月？"

"是的，那天的天气和今天是一样的。"

"和今天一样……"

我不断地重复着她每句话最后的几个词语。我的嗓音已经变得比她还要深沉，但是我模仿她说话的腔调，直到现在这种模仿也没有停止。

"是的，和今天一样的天气，"母亲一边说着话，一边将那从哈瓦那母狗身上梳下来的一团银色的毛絮吹掉。那毛絮白得就像是雪花，甚至比玻璃丝还要细，顺着一道上升的小气流柔柔地漂浮起来，一直升到屋顶，在耀眼的阳光中逐渐消逝……

"那天的天气非常好，"母亲接着对我说，"晴朗无云。忽然吹起一阵风,其中裹挟着暴风雨的尾巴,自然就将气旋锁定在东方。先是下了一阵非常冷的冰雹,紧接着就开始落下了鹅毛般的大雪……玫瑰花上积满了雪,西红柿和樱桃都不幸地被雪埋了起来……那红色的天竺葵因为时间太短还没有冷透,把身上的雪也都融化了……那就是这场雪所带来的花样……"

她用胳膊肘指了指,然后又朝她的对头——那里有东方神明至高无上的宝座、世人无法看见的法网天庭。她使劲努努下巴,于是,我开始透过炎炎夏日、摇摇欲坠的白云去寻找,希望看到她所谓的那个住在东方的神明……

"但是我还非常清晰地看见了其他的东西!"我的母亲又说道。

"还有别的东西……"

或许她真的见过东方神明本人——在去向贝莱尔或图里的路上;或许他眼睛里冰冻的眼泪飞溅出来,成为漫天飞舞的云彩,就是在他紫色的大脚狠狠一跺之后发生的,就像母亲跟我描述的情景……

"当时,你的哥哥雷奥还在我的肚子里,常常会让牡马拉着四轮马车到处去溜达。"

"也就是现在的这匹母马吗?"

"当然了,就是这匹牡马。你今年才10岁,你以为换一匹马会很轻松？像换一件衬衫那样便宜吗？我们这匹马当年可是非常俊俏的，有时我甚至会让安托万牵着它往前走。但我会坐在四轮马车上，好让它觉得安心。"

当时我记得本想问她"好让谁觉得安心"，但是我并没有说，将自己的疑问憋了回去，嫉妒地在心里守着这份模棱两可的不确定和这份迷信：为什么母亲坐上马车是让马安心而不是车子呢？

"……你知道的，每当能够听到我的声音，它就会觉得非常安心了……"

没错，一定是安心的，全部敞开的蓝布车篷，车的两边还镶嵌着三叶草铜饰的两盏花灯……一副心安理得的四轮马车派头……简直是绝妙极了！

"天哪，我的女儿，看你那一脸傻样儿，你有在听我说话吗？"

"是的，妈妈，我在听……"

"那个时候，我们已经转悠了一大圈了，天气又非常炎热！再加上我的肚子非常大，我实在感到疲惫不堪。于是我们走回来，我剪了几枝染料木的花枝，我记得……当我们走到公墓前的时候——不，你可不能想是鬼魂显灵之类的故事——这时，一片来自南方的红棕色的云，它的四周好像镶了一道水银绲边一样，以一个非常快的速度升到空中，然后一声特别响亮的雷声传来，紧接着下起了瓢泼大雨，就好像一只漏底的水桶一样！安托万赶紧下车将车篷支好，以免我被这大雨打湿。我对他说：'不要这样做，你现在最要紧的就是将小马驹牵好，以免等到下起冰雹的时候，趁你在支车篷的功夫而溜缰。'于是，他将原地踢踏的小马牢牢地牵好。我跟它说着话，就好像是平时我们没有下雨、打雷，出来溜达时所用的平和语气和它说话。我撑着小绸伞，那瓢泼般的大雨全部砸落下来。等到那片云彩飘过的时候，我就好像是坐在浴缸里一样，安托万也浑身湿透了，车篷里积满了雨水，热乎乎的，似乎有 18 或 20 度。当安托万想要将车篷里的积水倒掉的时候，你猜我们发现了什么？是一堆小青蛙，至少有30 多只，活蹦乱跳的，都是由这阵热龙卷风带来的，这是南方老天爷一时兴起的结果。一股龙卷风就好像是陀螺一样把百里以外的沙子、昆虫等席卷而来……这是我亲眼看见的！"

给哈瓦那狗、安哥拉猫梳毛用的铁梳子正在她的手里扬着。她对于这些在路上等着她的神奇的气候突变一点也不感到惊讶。

你非常容易就会相信：只要茜多的一声召唤，南风就会从我心灵的眼睛面前吹起，用它陀螺似的脚步旋转着，将沙子、谷子、死去的昆虫，甚至从利比亚的沙漠拔根而起……它的脑袋晃来晃去，乱蓬蓬的，抖落裹挟着青蛙的温热的雨水……直到现在想起这个情景，我仍然觉得历历在目。

"可是，我的女儿，你的样子看起来可真傻！……不过与你平时的样子相比起来,这副傻样子要漂亮许多呢。可惜这样的事情很难发生在你的身上。你和我是一样的,已经会犯感情太过于外在化的毛病了。当我找不到我的顶针时,就会像是失去一位挚爱的亲人一样……而你呢?当你犯傻的时候,眼睛要睁得更大,嘴巴也会稍微地张开,完全显示出一副稚气的样子……你在想些什么呢?"

"妈妈,我没在想什么……"

"我才不会相信你呢,尽管你装得已经很像了。真的很像,我亲爱的女儿。你真的是唯唯诺诺,平淡得出奇了!"

我的身体微微颤抖着,在母亲近似刻薄的赞美、犀利的话语、音调高挑而十分确切的嗓音中,我的脸颊渐渐地泛起了红晕。因为"我的女儿"这个本该亲切的称呼只有在母亲强调她的批评或者是指责的时候才会用到……但是很快,她的目光和话锋就变得柔和许多了:

"哦,我的宝贝女儿!这并不是真的,你不漂亮也不傻,你只是我绝无仅有的小姑娘……你要去哪里呀?"

和所有平庸俗气的人一样,宽恕给了我翅膀,真真切切地被母亲亲过以后,我感到浑身格外轻盈,似乎已经准备好要飞走了。

"太阳快要下山了,你可别跑太远了呀!再过……"

她不喜欢看表,总是用太阳在地平线上的高度来看时间,或者是用烟草和曼陀罗花来判断时间,因为这两种花在白天总是昏昏欲睡,可是到了晚上就会振作精神苏醒过来。

"……再过半个小时,白色的烟草花就会开始散发出清雅的芬芳……到时候你愿意到阿德里安娜·圣奥班家里去吗?带上一些乌头、耧斗草和风铃草?记得拿上那本《两世界杂志》,替我还给他。……换一条淡蓝色的丝带吧,今天晚上这个颜色与你的脸色是非常相配的。"

换一条丝带——一直到我 22 岁的时候,我的头上也总是扎着宽宽的丝带并且头顶上打上蝴蝶结,然后出现在人们的面前。于是我的母亲经常这样说,"就好像维吉—勒布朗夫人一样",这样一来,母亲就会告诉我这一天、这个时辰,我是非常漂亮的,她简直把我当成她最值得炫耀的骄傲。我的额头绽放着蝴蝶结,两鬓耷拉着几缕头发。我把茜多剪下来的花朵一枝枝拿起放好。

"你现在就出发吧,把这些重瓣的耧斗草给阿德里安娜·圣奥班夫人送去。剩下的那些,你想送给哪个邻居就送给哪个邻居吧。我知道东边的阿道尔夫大妈生病了……如果你去她家的话……"

她还没有把所有的话说完,我就猛然地向后退了一步,打了一个大大的响鼻,就好像牲口一样,仿佛我已经看到了病人的模样,闻到病人身上的那一种特有的气味……我母亲将我的一根辫子抓住,脸色忽然变得非常粗野,丝毫找寻不到克制、仁慈和人道的痕迹,与平日里和善的面孔相比,简直是判若两人。她低声地说道:"住嘴!……我知道……我也是……但不能说。永远都不要说出去!快去吧……现在就出发。你是不是昨天夜里又在额头贴卷发纸了?你这个小捣蛋!到底……"

她将我的发梢松开,向后退到远处,以便更好地打量我:

"去给他们看看,你是我多好的杰作呀!"

尽管母亲已经提到了东边生病的阿道尔夫大妈,我还是没有去。我在街道上从一块石头跳到另一块石头上,像跳石头涉水一样,一直到了"阿德里安娜"——我母亲最特别的女友家才停下来。

她给我留下了非常深刻的记忆,甚至要超过留给她自己的孩子和侄子们的记忆。她活泼灵动,机警,但总是一副懒洋洋的模样,头发是卷曲的,有着一双茨冈人特有的黄色的漂亮眼睛。她在屋子里踱来踱去,似乎带有一点乡野粗犷的抒情味道,一种如游牧民族飘忽不定的习气。她的房子显得有些杂乱无章,这和她自己貌似比较吻合。尽管如此,这间屋子仍旧流露出一种不拘小节的优雅潇洒之感,同她一样。她家院子里的紫藤和玫瑰花都爬上了紫杉树,目的就是躲避潮湿的阴暗和茂盛的浓荫,它们之所以能够沐浴阳光,主要是凭借不断攀高的意志和努力,而它们的主干,因为不断地拉长,最终沦为一副爬行动物光溜溜

PRUNUS CERASUS

———— 櫻 桃 ————

一只黑色的乌鸫，身上的羽毛透着绿色和紫色的光泽，正在树上啄食樱桃，不停地吮吸着汁水，那粉嘟嘟的果肉都被它弄烂了……

PRUNUS CERASUS

的样子……足足有千百朵玫瑰栖息在树顶上，它们盛开的地方，任谁都无法够到。筋疲力尽的铁线莲仍然努力地冲向屋顶，夹杂在绛红色的凌霄花和一串串紫藤花的中间……

正午时分，阿德里安娜家的房子就被这一片浓荫包围着，让人觉得十分闷热，甚至有些喘不过气来。但是还有一些事情是我能够非常确定的，那就是摊在地上的一堆堆的书，一些在清晨就采集回来的野草莓、蘑菇、菊花石，如果碰到当季的时候，还能有比伊塞灰色的块菰。我偷偷溜进她的房间，就好像一只偷吃的小猫一样。但是我更像是一只犹豫的猫，在另一只地道的猫面前展现出一种束手束脚的小心翼翼。阿德里安娜在场，她表情漠然，黄色眼睛里闪烁着深藏不露的秘密。我忍受着这一切，竟然有点手足无措，也许这就是陪伴在她身边的代价。我的忽略和不重视，倒使她更增添了一份野趣，这种吉卜赛人的无动于衷的神气深深地刺伤了我，就如同严厉的苛责一样，令我非常难受。

当初，我的母亲和阿德里安娜一同给自己的孩子喂奶，母亲喂的是一个女儿，而阿德里安娜喂的是一个儿子，有一天，她俩出于好玩，就将孩子换过来喂奶。于是以后，阿德里安娜总是笑着对我说："你呀，你小时候还吃过我的奶呢……"我立马就羞红了脸，这时我的母亲就紧蹙着眉头，似乎想要从我的脸上知道我为什么要脸红。我是多么想要逃走，逃脱这双极为敏锐的灰色眼睛、锋利而咄咄逼人的目光,我该怎么办呢?那个画面始终纠缠在我的脑海:阿德里安娜褐色的乳房、紫色有些发硬的乳头……

　　我总能安静地沉浸在阿德里安娜家里那高到摇摇欲坠的书堆中——全套的《两世界杂志》,还有其他的——这个老书橱散发着一股地窖般的味道,但是却藏有无数册医学书籍、半干的药草、极大的贝壳、发酸的猫粮、一条叫作"小山鹑"的狗和一只专门吃生巧克力的叫作"科莱特"的白脸黑公猫,我常常会完全忘记时间;每当一声呼唤穿过被玫瑰缠绕的紫杉树和纤细的侧柏的时候,我总会不自觉地浑身一颤……在我的家里,不知道什么时候开了一扇窗户,母亲透过窗户大喊我的名字时,我总会有一种喊抓小偷或者是救火的感觉……我深深地体会到孩子那种奇怪而无辜的负疚感;于是我赶紧快速地跑回去,装出一副气喘吁吁、满脸天真的样子……

　　"怎么在阿德里安娜家待了那么长时间?"母亲喃喃地问道。然后她再没有多说一个字,但是那说话的语气着实让人难受!茜多是那样敏感而善妒,而我也总是一副懵懂无知的样子。随着我慢慢地长大,这两个女人的情谊就这样冷却了。她们之间从来没有因为某些事情而争执过,我和母亲之间也从来没有和对方有过太多的解释。可是又有什么好解释的呢?阿德里安娜总是很小心地避免我在她的家里逗留或者是引起我的关注。其实想要赢得一个人的欢心并不总是需要用爱。记得当时我 10 岁、11 岁的样子……

关于这段尴尬的回忆，过了好多年我才将它和一种内心的暖流、对这个人和她的住处发生童话般的变形，以及最初的诱惑的念头相互联系在一起。

茜多和我的童年都是幸福的，在一个想象中的八角星中央，并且每一个角都有一个方位的名称。然而就在我 12 岁那年，不幸的事情降临到我的身边，是痛苦的别离，是绝望的天各一方。我的母亲对于日常琐碎的事务和默默的牺牲已经感到非常疲惫，于是不再专注于她的花园以及那个最小的孩子了……

我原本非常想把一张照片放在这几页文字中间，但是我更希望的是一张"茜多"优雅地站在花园里的照片，那里有水泵、白蜡树、绣球花和老胡桃树……当我不得不同时离开我的童年和幸福时，我就将她留在了那里。也就是在那儿，1928 年春天的某一个瞬间，我又看到了她的身影。头是抬着的，好像受到了什么启示一样，我相信，也就是在这同一个地方，她不断地接受着来自各方纷纷扰扰的传言、种种天气预报和气流。它们通过巨大的风向罗盘，然后从四面八方的道路上，向着她狂奔而来，展现出一派忠心耿耿的气势。

上尉

　　"令我自己都感到纳闷的是，到现在为止，我仍然不了解茜多，我时刻在关注着她，对她十分热情，不停地围绕在她的身边，只是有的时候稍稍走神了一会儿罢了。"父亲的这些话语回荡在我的耳畔。他经常会聚精会神地望着茜多，集中注意力来思考。我认为母亲大概对他也不了解，她只是知道其中很多详细事宜，从这里就可以看得出父亲对她深深的爱意——父亲本想让她过上富裕的日子，但在奋斗的过程中却摧毁了她的家业——母亲也真心实意爱着父亲，尽管在日常生活中会因为一些琐事而小看他，但在大是大非面前却永远遵从父亲的意见。

　　那个时候我还小，对父亲根本就不了解，在我的记忆里只存着父亲为我搭建的带有玻璃门窗的"金龟子小屋",他还为我做了几条小船,因为有这些,我感到非常满足。父亲也喜欢唱歌给我听。他买了许多彩色的铅笔、白纸、红木尺子、金粉、封信封用的面包团送给我,我经常会抓一大把面包团放在嘴里……他只有一条腿,但是也可以游泳,甚至游得比那些四肢健全的人还要快……这些只是父亲日常生活中人们所能见到的一部分,其实,能够显示他男子汉的气概的事还有很多。

以我对父亲的了解,我觉得,从表面上看,他似乎对孩子不怎么关心——仅仅是从表面上观察——他在与孩子们相处的过程中显得那么小心翼翼,这让我沉思许久。母亲与她前任丈夫所生的一双儿女总是让她忧心忡忡——大姐每天都沉浸在小说世界里,她被书里的主人公深深吸引,终日抱着小说,几乎没有外出玩耍的时间;我同父异母的哥哥表面上看上去显得非常孤傲,但本性却非常柔和。父亲本以为给点小恩小惠就可以让孩子信服于他,但他的这种想法是那么天真……他自己亲生的儿子颇有音乐天赋,但是人却非常懒惰,用母亲的话说,他就是个"二流子",但父亲却不这样认为。父亲最疼爱的就是我,在我年幼时,父亲就相信我的判断力。不过,感谢上苍,让我的成长适应我的年龄。现在回想起来,虽然我只是个 10 岁的鉴赏家,但认真起来也不会放过任何蛛丝马迹。

"你听这一段。"父亲对我说。

我听得非常专注。父亲念的是一篇演说词中的一节精彩片断,或是一节颂歌,诗句通畅、节奏华丽、音韵高亢,就如同山中暴风雨一般铿锵作响……

"哎?"父亲需要我发表下自己的看法,"我觉得这一段不错!……你觉得怎么样?"

我不认同父亲的观点,随后便摇摇头,金黄色的小辫子、让人看到就讨厌的比一般人都大的额头、肉肉的小下巴颏儿随着一起晃动。我立即对这一段做出了自己的评价:"修饰的形容词过多!"

听完了我的评价,父亲表示非常气愤,开始骂我是吊吊灰、虫豸、占尽风头的虱子。没想到的是,我这个被父亲骂成虫子的家伙一点也不怕他,继续补充我刚才说的话:

"上个星期就已经和你提到这个问题了,就是你在念《保尔·贝尔颂》时,形容词太多了!"

虽然他在我面前表现得非常生气,但暗地里却沾沾自喜,甚至会为有我这样的贴心小棉袄而感到骄傲……父亲与我之间相处就如同同事一般,相互之间平等对待。当有些内容感动了我,让我情不自禁地留下泪水,难道完全是因为书中的文字?我敢肯定地说,不是——是父亲,是父亲在文字中注入的感情深深地打动了我。当我开始摸索着写作时,他给了我莫大的鼓舞,增加了我的自信心。他对我提出了最具锋芒的表扬——让我有了精神支柱。

"难道我是与一个不入流的抒情诗人结婚了吗?为什么会生出这样的女儿呢?"

如同父亲所说的,我继承了他的抒情气质,但也拥有母亲与生俱来的那种幽默与率真,再加上我本人特有的聪明才智足以鉴别我身上的这些品质,我为我而感到骄傲。追忆往事,我觉得对待任何人与事,我都问心无愧,这让我感到无比欣慰。

在家里,我们四个孩子总是会让父亲无可奈何。让我感到纳闷的是,一个男子早已过了谈情说爱的年龄,为什么还会如此迷恋他的爱人呢?在这样的家庭,父子之间相处起来会不会是另一番场景呢?父亲平常就喜欢围绕着母亲与她谈心,但却常常会被我们打扰……作为一位父亲,时常对孩子耐心教诲会增进彼此之间的感情。作为一个男人,如果平时缺少超乎寻常的温柔,偶尔心血来潮对孩子悉心教导,那也会使双方融洽,他也会为此而沾沾自喜。只不过我的父亲儒勒—约瑟夫·柯莱特并不是这样的一个人。他有文化涵养,但总是显得那么谦逊,从来也不表露自己的博学多才。为了茜多,他也曾表现过自己的学识,但两人彼此了解之后,父亲就摒弃了在茜多面前炫耀的想法了。

而今，只要我进入家门，就会不假思索地来到雪花莲盛开的那个土丘一角。在我的脑海中又会浮现出那些玫瑰花，还有放玫瑰花的栅栏格子、墙上的洞穴以及断瓦残砖的景象。我偶尔还会想起父亲欣喜时露出的微笑，似乎看到父亲依然坐在那张棱纹平布的大扶手椅上，胸前打开的夹鼻眼镜上的两片椭圆形镜片，显得那么耀眼。他的红红的嘴唇显得那么独特，嘴唇上的两撇小胡子与腮帮上的大胡子连成一片，而胡须却没有嘴唇那么突出。他总是端坐在此，永远都不会改变。

　　如果在另外一个地方，父亲的形象却不是这样的，他总是处于游荡、飘动的状态，仿佛云雾会穿过他的身型遮挡住他，只是依稀还可以看到他。让我记忆犹新的是父亲的那双白皙的手，这一点，我也遗传了父亲，每当在户外，我的手就一直都处于忙碌状态。我也像父亲一样，当遇到让自己气愤的事时，就会将纸团揉在手中然后再撕碎，尤其是发起火来，嘿……这里的发火并不是受父亲遗传。父亲发怒时，常人无法想象。但你只要去圣-琐弗尔看一下就会明白，父亲有一次在那里发怒的表现，用他仅有的一只脚，三两下就将那里的大理石壁炉框破坏成了那个样子……

　　我非常想要展现出父亲赋予我的气质与母亲留给我的东西。柯莱特上尉从来不亲吻孩子们；大女儿也不喜欢父亲亲吻她，她认为亲吻会让自己的容光暗淡。父亲也几乎不亲吻我，他会经常

LEUCOJUM VERNUM

———— 雪花莲 ————

而今，只要我进入家门，就会不假思索地来到雪花莲盛开的那个土丘一角。在我的脑海中又会浮现出那些玫瑰花，还有放玫瑰花的栅栏格子、墙上的洞穴以及断瓦残砖。这些只是会依稀记得，偶尔还会浮现出父亲欣喜时露出的微笑。

————

LEUCOJUM VERNUM

和我玩游戏,用双手把我举起,抛向空中,碰到天花板。我也玩得不亦乐乎,每当父亲往上抛我时,我总会用两手和两膝顶着天花板,大声叫喊。父亲的手臂非常强壮,但与我玩耍时却非常温柔,这也许与他整日粗茶淡饭简朴的生活分不开吧。但他的这种生活习惯与我们下勃艮第人却格格不入。父亲的日常饮食为:面包;咖啡,放多量糖;半杯葡萄酒;大量番茄、茄子……我们会劝他吃肉,他听了,但却吃得很少,就相当于 70 年前的那种老偏方。这个南方人,居住陋室,肤色光滑白皙,却不发胖。

"意大利人!……用刀子的家伙!"

每次母亲与他吵架,或是她的这位爱人表示出过分的嫉妒时,母亲就会这样骂他。其实,父亲原本就不在乎火器,也从来没有杀过人,可是在他的口袋里,总喜欢放一把角质柄的弹簧刀,并一直都带在身上。

父亲有的时候会放低声音发出吼叫,顺带上几句咒骂声,但在我们看来,这不算什么。只是在我 11 岁时,又一次看到父亲真的发火了,他真的愤怒了!尽量音调仍然那么动听、悦耳,但还是把我吓得不轻。

我有一个非常神秘的姐姐,她与我是同母异父。她竟然自作主张和其他人结婚了,但婚姻却不幸福,也不美满。姐姐甚至有寻死的念头:她吞下了一种不知名的药片,母亲还是从邻居那里得知这个消息。尽管父亲与姐姐生活的这20多年来关系一直不尽如人意，但当父亲看到茜多因为此事伤心的样子时，他说话了，嗓门也比平时高出了几倍，但声调却依然那么动听：

"快去和与我女儿结婚的那个雷医生说……要是不过来救活我的孩子，我保证他不会看到明天的太阳。"

父亲发出的声音是那么甜润，而又令我振奋！这声音温柔、圆润而有音质感，就如同将要澎湃的大海在唱歌一般！若不是茜多如此伤心，我肯定会跑到花园里玩耍。其实，打从心里我只希望看到雷医生应得的下场……

人们总是不那么了解他，甚至误会他……"瞧你那副永远如此的快活样儿！"母亲经常会这样吼他。但这样说，并非是带着责怪，而是觉得惊讶。因为父亲喜欢唱歌，所以母亲才会认为他很快活，没有忧虑。而我，在遇到让自己忧心的事时却喜欢吹口哨。如果是生病了，我就会清楚地数出脉搏会跳动多少下；再如果是在做练习遇到瓶颈时，我就会将令人头疼的名词一个音节一个音节地大声朗读出来。这时我会迫不及待地让母亲明白，对一个人深深的侮辱就是对他怜悯之情的泛滥。父亲与我一样，都不喜欢别人将怜悯之情施舍于我们；我们都很坚强。直到现在，我才深深体会到了父亲的优良美德。当他烦闷时，会努力克制自我，不会表露出来，而是心甘情愿地承受着这一切，在周围人前表现出一副快乐坦然的样子。当我想起父亲所面临一切的时候,不免会感到难过。

他经常会逗我们开心,给我们讲故事,讲到让人兴奋的地方还会夸张地进行描述;父亲还会经常为我们哼唱让人舒心的曲调,除此之外,我没有看到过父亲在别的时间里洋溢出快乐的表情。我们总是会未见其人,先闻其歌声。快乐的歌唱充满了整个空间:

金色的阳光啊,温暖和煦的风……

父亲唱着歌走在我家门前那条萧条的街道上。当经过家门前这条冷清的街道的时候,茜多就会听到他的歌唱,知道他回来了,但她却不知道厚颜无耻的佃农拉洛什还没有交租,而且令人厌恶的是,他还会找人来说,可以提前预借一笔款子给我父亲,利息按照 7% 来算,期限为 6 个月,还要加上一句说:"这笔钱非借不可……"

请和我说,当我一见到你时,
究竟会有什么样的诱惑
深深吸引着我?
我认为,一定是你神秘的微笑……

人们不会相信,就如同冬日里人们嘴里呼出的白气那样哼唱着抒情的歌，目的就是不再让茜多想那些烦心事的人，就是父亲，就是这位扶着拐杖与手杖但也依然灵活的男中音。

他哼唱着，茜多甚至会忘记刚刚想问他是否从他的军人残疾金里借出了 100 路易这件事。而当他带着振奋的心情高声歌唱时，茜多也会沉浸在这样的歌声中，安静地不去打扰他……

衣着鲜丽的恋人们在约会

他们相约在这迷人的场所

他们如此温馨地度过了美好时光（重复吟唱）

伴随着香槟酒与爱情咏唱！（三次咏唱）

如果这个时候父亲将回音、末尾延长符与幻想曲的女高音断奏符提至过高，济贫院就会传来高亢的回音，每当这时，母亲便会迅速地出现在门口，她的表情愠恼中夹杂着微笑，对父亲说："啊！柯莱特！……这是大街上！……"

随后，母亲会与隔壁年轻女子闲聊，不时还开几句玩笑，然后紧蹙起她的双眉。她的双眉在我眼中就如同蒙娜丽莎的双眉那般稀疏。

有时我会问我自己：父亲快活吗？如果不快活，那为什么又要做出好似自己很快活的模样呢？他喜欢人们赞扬他、认可他，就如同他年轻时渴望在战场上贡献自己的生命一般。回到乡间,在家中隐居之后,伟大的爱感染了他,父亲将自己内心真挚的感情交给了原本不属于本乡的人,还有那些远方的朋友们。

父亲有一位老战友,名为高德索,职位是上校。他现在还活着,而且仍然珍藏着父亲以前寄给他的信。他还记得柯莱特上尉曾经说过的话……柯莱特上尉平时诙谐幽默,但面对自己的战功却始终保持沉默。同属于第一团的人,还有傅奈斯上尉与勒费弗军士,他们曾向高德索上校汇报了父亲的"遗言"——1859年……意大利战役……当时父亲只有29岁,在马勒尼阿诺负伤倒下了,左腿就是在那个时候被炮火炸断的。傅奈斯与勒费弗情急之下奔跑至父亲身边,将他背出火线,并对他说:"我的上尉,我们应该将你放在什么地方好呢?"

"战场中央,军旗脚下!"

这些话,即便是差点死在战火纷飞的沙场,与他挚爱的战友们怀抱在一起的那一刻,父亲都没有对任何人提到过,尤其是他的亲人。那时他是如何躺在"他的老元帅"(麦克马洪)身边的,没有人知道。可是在他死后20年之后,我才从他留下的许多封信中得知,他处处都提到了我的名字,其中还写到了关于"小女儿"的病……

太晚了,太晚了……那些冷漠的人、懵懂的孩子们与那些知恩不图报的人们总喜欢这样议论。至于我,倒不是觉得自己比别的孩子更加负疚，而是恰恰相反。但当父亲健在时，我本应该提供给他更多的关心，同样也应该尊重他的自尊与表面佯装的轻佻。当时我与父亲两个人都非常努力，才有了我们彼此之间的相互了解。

父亲具有诗人的天赋，是城市人。生在乡村，是埋没了他天生的才华，他成了一个流落于他乡的外人。而母亲与父亲却恰恰相反，她可以从乡村取得更多的收获。每当她与乡村土地接触时，不知从哪里来的力量，会让她顿时充满活力。

母亲是一个不喜欢孤独的人，喜爱参加社会活动，她的这种行为有的时候会令我们感到愤愤不满。她对于村子里的公务很热情，还喜欢参与一些嘈杂热闹的场合，如市议会、省议会的候选，还有一些大型的集会以及地区委员会。除了母亲，我们家中的其他人员都喜欢远离人群而独处，我们认为这样的生活会让自己过得心情舒畅，所以，针对母亲的那些社会活动行为，我们会去抱怨她。她不与我们站在同一战线，当然了，这种抱怨对母亲来说也是有些不公平的。

在父亲的脑中，总会浮现出"过星期天"的想法，这是城市人的一种习惯，他们总喜欢一个星期有一天消遣的时间。每当星期天到来时，他总会备好鱼竿，再搬上几把折椅，带着我们出外郊游，就像城里人那样。我们坐在蓝色的小马车上，车上还带着食物与小狗，一直行驶至慕蒂埃、夏珊的某一处池塘边沿，有的时候也会来到拉吉尔梅特森林幽静的小水洼附近。凡是我们来到的这些地方，都属于我们的天堂。

来到池塘边上，父亲表现出的欣喜看起来与一个星期任何一天里的欢快都不一样：他带着欢快之情打开酒瓶，再花上一个小时开始钓鱼，然后读书，再躺在那里睡一会。而我们这些孩子，总觉得那样特别无聊。想一想自己从小就练就了轻捷的腿上功夫，轻盈得如同蝴蝶一般，走遍乡间不乘车都不觉得累；眼睁睁看着冷鸡、新鲜的快餐面色、大蒜与乳酪都摆在了面前，却不能放任自己狂吃，那让我们感到十分无聊！身在清新寂静的森林，看到这里的池塘、蓝天，就如同看到了一幅典雅美丽的名画，父亲在这个时候也感到非常高兴与快乐。借着美好的景象，父亲开始唱起了歌：

……蓝色的蒂达莱斯，银色的海湾……

他愈是这样唱，我们愈是沉默。我与我的两个哥哥，思绪早已飞出了山居之乐，剩下的只有沉默。

这时我们躺在地上，身子下面长满了灯芯草，其中还掺杂着泛红的欧石南。唯独母亲坐在池塘边，她一心只想着她的丈夫和自己的孩子。她愿意守护在他们身边，并觉得这是一种安逸的享受……这里不再有早上起床时的铃声打扰,也远离了那些因付不了款而焦躁的供应商,远离了那些带着虚荣心恭维自己的人。四周都是桦树与橡树——只有不听话的大女儿不在这里——把母亲的幸福与悲伤都被包围在其中。微风吹过树梢,掠过了那片圆圆的池塘,又轻轻拂拭了一下水面。松软的灰色泥土里冒出了浅红色的蘑菇圆顶,朝气蓬勃的欧石南长得非常茂盛。这时候母亲开口了,她给我讲起了我们两个人都感兴趣的故事。

她讲的是过去冬日里的野猪,还有狼群,而且这些狼群经常出现在比邑寨与福代尔一带的事。就在去年夏天的时候,有一只饿狼就跟在我们马车后边整整五个钟头,母亲懊悔地说:"如果当时我可以给它一些东西吃的话……原本它是可以吃到面包的……当马车一上坡时,它就坐下来,等到马车将它拉在 50 米开外之后,它又跟在后边。小马的警觉性非常高,当它意识到后边有狼时,非常生气,几乎要向狼那里冲过去……"

"你当时害怕吗?"

"害怕?一点也不。后边跟着的这条大灰狼,非常饥饿,肚子干瘪,又顶着烈日……我是与我以前的丈夫一道同行的。他外出打猎时,曾经见到过一只狐狸落水的过程。这只狐狸嘴里含着草,屁股先入水,然后水一直淹没至它的嘴巴……"

ERICA TETRALIX

——— 欧石南 ———

微风吹过树梢，掠过了那片圆圆的池塘，又轻轻拂拭了一下水面。松软的灰色泥土里冒出了浅红色的蘑菇圆顶，朝气蓬勃的欧石南长得非常茂盛。这时候母亲开口了，她给我讲起了我们两个人都感兴趣的故事。

———

ERICA TETRALIX

动物界的母燕子、母兔、母猫都会用最质朴的言语,将作为母亲的一种关怀传递给她们的孩子……在如此美妙的故事里,父亲只听到了其中的一句话:"我以前的丈夫……"这时,他青灰色的眼睛显示出的目光是以前从未有过的,他注视着茜多……当然了,狐狸、铃兰、成熟了的浆果、昆虫这些,他都毫不关心。他第一次接触这些只是在书本中,他很喜欢,也一一为我们介绍这些动物植物在书本中的学名。但如果是在野外,他就一点都不认识它们了……他在野外看到盛开的花,都会称它们是"玫瑰花";他说话时有一种习惯,会按照普罗旺斯人的发音,将"O"的音发得很短,就像在拇指与食指之间夹着一朵无形的"玫瑰"一般。

这个星期天的郊游即将结束,太阳快要落山了。以前郊游一直都是五个人,现在却只有三个:父亲、母亲与我。我的两个哥哥的声音消失在幽暗的树林里,他们提前走了。

"我们在回去的公路上应该可以遇到他们。"父亲说。

母亲却不赞同父亲的说法,因为她觉得,两个哥哥每次回家都会选择倾斜的小路,那里有存满沼泽的蓝色草地;他们一定会选择离家最近的那条路,途中会经过沙岸、荆棘,再翻过花园深处的那道矮墙……所以母亲才会觉得赶上他们是不可能的,只好选择放弃。回到家里,母亲看到他们身上带着血迹,衣服也被撕坏。母亲边想边收拾草地上的东西：我们还没有吃完的食物，还有几个新鲜的蘑菇，那是刚刚才采摘来的，一个空山雀窝，还有一堆像海绵似的东西——那是马蜂的杰作，一束野花，几块菊化石，小女儿的大草帽，还有其他的东西。父亲依然是那么灵活，如同一只灰鹤，跃上马车。

母亲非常温柔地抚摸着小黑马，挑选了一些柔嫩的青草，喂给了小马。小马张开嘴，露出一排黄牙。做完了这一项工作之后，母亲又来到小狗身边，将它沾满泥巴的爪子认真地擦干净。我没有见过父亲对小马、小狗与小猫有这样的关怀，所以，他连一只狗都唤不动……

"嘿，伙计，上车了！"父亲用他那动听的声音唤着小狗莫斐罗。

但小狗显得非常冷漠，它像没有听见似的，趴在马车脚踏板上，拍着尾巴，眼睛望着母亲……

"快上车，畜生！为什么在那里一动不动？"父亲又对小狗说。

"我在等主人的召唤啊！"小狗似乎在回父亲的话。

这时，我对小狗说："嗨！小家伙，跳！"

小狗听到之后迅速地上了车。

"哦，这真是不可思议！"母亲这时开口了。

"这不足为奇,只说明了一点,这只蠢狗非常笨。"父亲反驳着母亲。

但我和母亲心里都明白,我们并不认同父亲的话。可以看得出来,父亲这时的自尊心受到了莫大的创伤。

我们都上了车,走在回家的路上,在我们的后边,马车的顶棚上放着成捆黄澄澄的染料木,看上去像孔雀开屏那样美丽。临近村庄时,父亲又开始唱起歌来,颤抖的歌声像是一道护身符,掩藏住他内心无数的忧愁。我和母亲非常欢快,这种快活情绪正是我们彼此尊重的表现……暮色渐渐暗淡下来,空中泛起了雾霾,我们看到了天空亮起的第一颗星星,这个时候,我们是如此的严肃,并感到如此战栗,是不是周围的一切和我们是恰恰相反的呢?如果一个人没有了往日活泼好动的条件,当然会陷入苦涩难以自拔……

什么是苦涩?——直到现在我才明白。时光流逝,慢慢地,它也将让我们记忆犹新。"我现在才明白这才是真正的你自己……以前我确实对你不了解。"我这样想,但现在了解也不算晚,我已经深深体会到了年轻时没有看到的一切:虽然父亲看上去精神抖擞,活泼愉快,但从心底依然想着自己少了一条腿,伤心至极。过去我们并没有意识到父亲曾高位截肢,早已经失去了一条腿的现实对他造成的影响。如果突然间看到他像正常人一般走路,我又会有何种想法呢?

父亲在母亲的印象中也是拄着拐杖,但却灵活敏捷,身影挺拔而粗犷。可是,母亲对他的了解仅仅限于他的赫赫战功,对于他之前出身于圣·西尔军校,擅长跳舞这些,母亲并不了解。那个时候,父亲还是个中尉,身型健壮——用家乡的话来形容他,就如同"坚硬的木桩"。人们通常称那些木桩为古代砧木,就像橡树砧板,纹理排列紧密,斧子根本就砍不动。当母亲的目光关注在他身上时,并不知道他在残疾之前曾驰骋在战场当中,那么勇敢,那么坚强。现如今,父亲坐在母亲身边,唱着动听的歌,偶尔会表现出一丝苦涩,却难以掩盖他的心潮澎湃,他的心似乎在展翼腾飞,勇往直前。

爱,没有什么,单纯的只有爱……父亲这时一心只想着茜多。四周是村庄、田野、树林、一片荒漠……现在唯一让他挂念的是还在远方工作的朋友、旧日的同伴。有一次,他从巴黎回来,表情显得凝重,眼睛充满迷茫,因为荣誉勋位管理会总管达吾·多艾斯塔德将他的红勋带换成了玫瑰花勋章。

"老兄,为什么不早一点和我要这枚勋章呢?"

"但红勋带我也未曾要过啊。"父亲柔声细语地回答道。

当他与我们谈论起当时受勋的过程时,声音中带着嘶哑。可以看得出,当时的他无比激动。为了显示他的荣耀,他将这枚玫瑰花勋章别在衣襟的饰孔上。他坐在破旧的马车中，快要进村时，他的精神头来了，挺直腰杆，一只胳膊扶着拐杖，庄严地看着吉尔波德来来往往的行人。也许在这个时候，他正在想念着他昔日的军旅：勇敢的士兵们勇往直前，有的还骑着战马有序地前进，法弗里埃，戴章德雷，还有昔日没有弃他生命于不顾的傅奈斯，为了对他表示尊重，亲切地称他"上尉"……也许是太过于思念，常常会在现实中思绪连连，学者的社团、政治的集会论坛，以及许多美妙而深奥的论述……还有男儿之间的有趣故事……

"你啊，就是太过注重感情！"母亲偶尔会对他这样说，但语调却不同寻常，带有一种疑惑的口气。

为了顾及父亲这个时候的感受，母亲会继续补充道："我说的话，你应该明白是什么意思，就像你想要知道外面是否下雨一样，你需要伸出手试一下才知道。"

父亲谈论起古今轶事便喋喋不休，他总会用最恰当的词汇来形容当中的情结，但如果这时候母亲出现了，他就会立马停止。母亲在平日里说话很犀利，从不饶人，但是在父亲面前，还是会把握分寸，语气也舒缓起来。母亲喜欢他的爱人为她唱她喜欢听的歌，不由自主地也会哼出"军中歌曲"，音符依然还是老样子，但其中词句就会转为歌唱共和国军队。

"不要那么害羞，"正在看《时代报》的父亲说。他的脸被摊开的报纸遮挡了起来。

"噢……"母亲这个时候情绪非常激动，"希望我们的小女儿没有听到这些。"

"小女儿么，"父亲接着说，"不要担心了，没什么的……"

父亲说这些的时候，目光始终没有离开过他所爱的人，并表露出一种与平时完全不同，而又具有胆识的神气。一般人看到他的这种表情无法猜测出他究竟在想什么，但有的时候也可以看得出那里隐藏着无数的秘密。

独自一个人时，我曾尝试着模仿父亲的那种目光，有时模仿得像极了，尤其是我模仿这种眼神与深藏在内心的苦闷进行较量时，而对于那些操纵你的人，你只要出手了，心中就会感到莫大的欣慰。你可以理直气壮地对他说："也许有一天我会死于你的手中，但你一定要记住，我会尽可能将我的死期延长……"

"小女儿么，不要担心了，没什么的……"这话让人听起来感觉是那么无知！瞧瞧吧，父亲总是那么的固执，对他的心上人，他唯一喜欢的爱人也会用这种态度进行反驳！在家里，父亲是那么疼爱我，我的某些性格特征就是父亲的复制版。可以看得出来，他只是找不到不同之处。随着年龄的增长，他的那种敏锐的观察能力逐渐削弱了。那时，我还不满 13 岁，父亲的视力已经

HELIANTHUS ANNUUSL

—— 向日葵 ——

这种昆虫生存于普罗旺斯，大肆繁衍的季节是七八月份，这个时候正是向日葵盛开之际。我开始并不知道它的学名，对它的称呼只是披甲勇士，我当时为此而陷入了苦恼。

HELIANTHUS ANNUUSL

大不如从前,他已经看不清楚他的爱人茜多了。

"你又换了一条新连衣裙吗?"父亲的表情非常惊讶,"哦,我的爱人!"

茜多这时感觉非常震惊,脸上表现出了不满,说:"柯莱特,你仔细瞧瞧,这是新的吗? ……你的眼睛呢?"

母亲将已经穿旧了的绸衫子指给父亲看,而且还找出了已经坏了的两个洞……

"柯莱特,听我说,都三年了,这都已经穿了三年了! ……不过还是可以继续再穿的!"母亲这时觉得非常骄傲,而且还补充一句说,"颜色染成了海蓝色……"

但父亲在这个时候又神游了,他并没有听到茜多刚刚说的话,他又走神儿了,小心翼翼,好似又在某一佳境之处遇到了茜多。他的心上人头上盘着发髻,发髻上还有数不清的小发卷,上身披着一件薄纱短上衣,这件上衣是褶边鸡心领。父亲虽然已经慢慢老去,但是他不希望母亲脸色难看,如果是母亲生病,他也会非常愧疚。他大声地对茜多喊:"走吧! 走吧!"而茜多在这个时候也会听命于他,向前走去……

我很少在不经意间撞见父亲与母亲两个人热吻。是因为他们太过于拘谨吗? 我猜测,这方面,害羞的往往是茜多。父亲则是一个很大胆的人……他会时刻关注着茜多的动向,一旦听到茜多急促的脚步声,就会提前拦住她。

"给!"父亲用命令的口气吩咐茜多,同时还指着自己已经清理干净的腮帮,"要不然你就走不了。"

突然间,母亲给了他一个热吻,动作敏捷,然后害羞地跑开了,因为她担心这一幕被我和哥哥们看见。

仅仅有一次,那是夏天的时候。母亲正在收拾咖啡托盘,这时,我看见了父亲,但他并没有像平时一样拦截母亲索吻,而是将头低下,灰白的嘴唇亲吻在母亲的手上,父亲的这一举动与他现在的年龄完全不符;而茜多,却非常害羞,脸色红润,没有说一句话,默默地走开了。我当时也因为父亲的这种举动而感到非常害羞。我当时还是一个顽皮的孩子,像其他 13 岁的孩子一样,关注着所有的事情,好奇心也十分重,凡事都要进行深入的探寻,否则心里就会感到非常压抑。一旦恍然,自己却又害羞起来。一位已经上了年纪的男子将头紧紧贴在一个妇女布满皱纹的纤纤玉手上亲吻,这一幅饱含珍爱的画面让我记忆犹新,当我一想起这个美好的画面,内心深处便会泛起无限温暖之情。

有一件事一直困扰着父亲,他不愿意茜多死在他的前面,每当想起这一幕,他就会浑身战栗。其实,这种画面对彼此挚爱的人来说都是不愿意遇到的。父亲离开人世之前,茜多曾多次与我提及他,从她的谈话中可以看得出来,她比任何一个人都要了解父亲。

"不可以让他看到我去世的画面！绝不可以！你知道吗？如果让他看到我死去的一幕，他肯定也不会自己活在这个世上，他会自杀；一旦被救过来了，那么，他会更加痛苦的。我知道他肯定会这样做……"母亲天真烂漫地说。

她带着沉重的表情思索着，眼睛停留在夏蒂瓮—高利尼小街，也许是停留在了花园的方围墙上。

"至于我，绝不存在那些想法，你要知道，我是个女人。女人到了一定的年龄绝对不会做傻事。再说了，我还有你，而他却没有你。"

母亲对于一切都了如指掌，甚至连所有人都说不出来的偏爱她都明白得那么透彻。我们一家人带给她沉重的负担，包括父亲在内，都将她压得喘不过气来，而父亲，却从来都不怎么担心这个家。

记得有一次母亲生病了，父亲坐在母亲的身边，问她："你究竟什么时候，哪个时间可以好起来呢？注意啊，如果你一病不起，我也将随你而去！"母亲非常反感父亲这样说，他作为一个男人，竟然这样威胁自己的妻子，在她生病的时候还无情地苛求自己。她的头调到了看不到父亲的地方，目的就是想要避开父亲，这就像她即将离开人世时想要挣脱挽救她生命的一切枷锁一样。

"哎呀,上帝啊,柯莱特,你这样靠着我,我感觉很闷,"她开始埋怨起来,"整个房间都让你占据着。作为一个顶天立地的男人,不要围绕在妻子的床前转悠,不像话,你出去吧!我想吃橙子,你去杂货店看看有吗……我还想看《两世界杂志》,你还得跑一趟罗西蒙先生家去帮我借来……看天气,似乎有暴风雨,你一定要在路上慢点走,否则,你回来的时候就会满身是汗。"

听完了母亲的安排,父亲拄着他的拐杖,出去了。

"你都见到了?"母亲望着父亲离去的身影继续说,"每次生病的时候,他都是那副霜打的茄子似的状态。"

父亲出了门走到窗子下面,为了让我们听他的歌,他特意清了清自己的嗓子:

我时刻想你,我想要看见你,我是那么爱你,

无论什么时候,什么时候,什么地方,

在此遇见黎明时我就继续想你,

当我闭上眼睛时我依然还在想你。

"你听,你听……"母亲激动地说。

父亲的这一招百玩不腻,歌声永远都吸引着母亲,让她容光焕发,似乎又回到了少女时代。母亲将身子探出窗外,说:"你了

解你父亲吗？想知道他究竟是一个怎样的人吗？你要崇拜你的父亲,他可是歌王啊!"

母亲痊愈了,她的病终于彻底好了。可是她的其中的一个乳房却被医生切掉了;隔了四年,另外一个乳房也被割掉了。虽然她的病已经痊愈,但父亲却一直都关怀着她。有一次,母亲的喉咙被鱼刺卡到,导致她不停地咳嗽,咳嗽得满脸通红,眼眶里充满了泪水,父亲看到后急了,鼓起他的大拳头打在桌子上。桌子都被砸碎了,而父亲还生气地大声吼道:"这什么时候是个头啊?"

停息下来的母亲用幽默诙谐的口吻说了几句让人捧腹大笑的话,目光四处流转,这时父亲才消停下来。我总喜欢用"目光流转"来形容母亲。心中忐忑不安,但又温顺地带有渴望之情,不愿意说出真相,就会让她出现这种神情,她会不断地眨着自己的眼睛,可以看得出她那个时候非常急切,神色也很慌乱,但任凭她怎样掩饰自己,都无法逃避开她爱人的那双凝重的蓝灰色眼睛的逼迫。从他们的目光中我看出他们彼此都深爱着对方,他们为爱在共同努力着,并一直维系着这份爱。

10年前,我在一位朋友的带领下来到一位女巫师家。我们按下了她家的门铃,她的工作就是整天与"魂灵"打交道。"魂灵"就是她对死者的称呼,因为她觉得,这些人的躯体虽然不存在于人世间，但依然会无形地徘徊在我们的周围，尤其是与我们有血缘关系、不舍得离开我们的人，或平时与我们交好的人。说了这么多，你一定会认为我正在这里宣扬某种信仰，或者我对这种"魂灵"有种特殊的信奉之情。其实不然。事实上是我的好奇心驱使我这样做，因为这个，我才会多次去她家拜访这位女巫。"手中捧着蜡烛的女人"，可以数清数字的狗，能够结出食用果子的玫瑰，还有能将另一个人的血注入我的血中的神医，除此之外，还有什么？我不得而知。如果我没有了探索秘密的好奇心，或者别人削弱了我的好奇心，这样，我也就不复存在了。最后一次解开好奇心的没有准备的行动就是对钢蓝色的大膜翅目昆虫的研究。这种昆虫生存于普罗旺斯，大肆繁衍的季节是七八月份，这个时候正是向日葵盛开之际。我开始并不知道它的学名，对它的称呼只是披甲勇士，我为此而陷入了苦恼。当时，我就在想："这种昆虫为什么没有螯针呢？它是不是徒有其表，没有佩带武器？"后来我知道了其中的原理，才释怀了。它的外表看起来不同寻常，当我研究它时，它停在了我手上的中节指骨上，那个时候，我才知道它伪装自己的方式是极妙的，关键时刻，它还是可以拔出自己的武器——它的腰刀。

女巫家的装修十分别致，是现代最流行的套房布置，看上去很新颖，阳光可以洒满整个房间，反正我进去会感到很舒服。靠窗户的地方养着小鸟,清脆的鸣叫声悦耳动听,再加上从隔壁房间里传出孩子玩耍时的嬉笑声,让这栋房子显得那样祥和。一位白发苍苍的胖女人走过来,她看上去是那样的可爱,她对我说,不需要幽暗的光影,也不需要任何怪异的神幔,只需要闭上眼睛进行瞬间冥想,然后,她将双手合在一起,将我的手夹在中间。

"你有什么疑问现在可以问我了。"她对我说。

我觉得我并无所求,对"那边"的人也不牵挂,所以没有什么心愿想要达成。除了那句普通的不能再普通的问候,我找不出其他的话要说。

"哦,那么,你看到死去的人了吗？他们在那边的境况如何呢?"

"和我们一样。"女巫回答道。她看起来是如此的坦然:"就像在你身后……"

我不由自主地看向身后,阳光依然照耀着整个庄子,还有那个放着翠绿金丝雀的鸟笼。

"在您的身后坐着一个鬼魂,他是一个老头。满脸蓬松而不整齐的大白胡子,灰色的头发,看上去很长时间没有修剪了,向后披着。我还看到了他的眉毛……哦！天啊！那个眉毛……怎么乱糟糟的啊……我看到了他眉毛下边的眼睛。嗯？那双眼睛……眯成了一条缝,从眼中射出的光芒却那么刺眼……您认识这个人吗?"

"嗯,对,我认识。"

"无论怎样说,他在灵魂界的地位是非常尊贵的。"

"为什么呢?"

"在阴间拥有尊贵的地位。他非常关心您……你似乎不相信这是真的呢?"

"对,我对此表示怀疑……"

"嗯,我确定,他现在确确实实很关心您。"

"那为什么说是现在呢?"

"因为从您这里可以表现出他还活着的时候的愿望。您现在拥有的一切正是他当初所期望的,尤其是您现在拥有的地位,因为这是他原来不曾拥有的。"

这个时候,我不想再回忆当时女巫为我描述的那个人的外貌及性格。在我的内心深处,我觉得那是件有趣的事情,像巫术一样生动而颇具神秘感,让我为之着迷。她描述了一个"鬼魂",从它的外貌与动作中,我可以确定那就是我其中的一个哥哥,他与我是同母异父。她带着同情的腔调对我说:"这个鬼魂似乎有很忧愁的事,他表现出的那种表情,我未曾从其他的鬼魂的表情中见过。"

"可……"这时，我还有些失望，急切地对她说："你仔细看了吗？有没有发现一个上了年纪的妇女呢？那是我的母亲。"

　　女巫带着慈祥的表情上下打量着我，开口说："我仔细看过了，没有，真的没有。"她用温柔的话语告诉我……

　　但是她又不忍心看到我那失落的表情，便又补充了一句说："也许你的母亲非常劳累，这个时候她正在休息呢？嗯！也许是这个样子，他们有时会休息，你是她唯一的女儿吗？"

　　"不，我有个哥哥。"

　　"哦，那就对了！……"女巫这时又像充足了气的皮球似的开始对我说："你的母亲肯定与你的哥哥在一起……一个鬼魂只能出现在一个地方的，这想必你也知道……"

　　其实，我并不知道，因为以前未曾听人提起过。对女巫的拜访结束之后，我明白了，与已经不在人世而仍然互相牵挂的人接触这件事并不受阳光的影响，在人世间，我们可以相互感受到彼此的存在，内心深处却是那么的欣喜若狂。女巫的话又回荡在我的耳边："他们与我们一样。"也就是说，他们与我们在世的人是一样的，她回答得那么的坚定，但语气却平和而自信。毋庸置疑，他们只是死去了，其他却和我们正常人没有什么两样，就是死了而已。但唯独我的哥哥，女巫看到他愁容不展，与常人不同，所以才会感到疑惑——女巫也从我的眼神中看出了与哥哥一样的表情——也是愁容不展，那种表情就如同他在坎坷的人生道路的末端遭受了一顿毒打似的，而且还表现出一副过度劳累的样子……

而关于我的父亲……"您这里可以表现出他还活着的时候的愿望，您现在拥有的一切正是他当初所期望的。"听完了这些话，我陷入了深思，内心无比激动。我翻阅着屋里书架上的书，翻到最高的那层时，我发现了一套书籍，是精装的，书皮也是硬壳装订而成，是黑帆布书脊。封面看上去精致而整齐，使用的是碧玉花纹纸，纸板坚实，可见当时父亲是多么爱护这些书，而精心地将它们"打扮"了一番。书名是用哥特字体手写的，但却没有引起我的注意，作者不详。到现在为止，我还记得其中的一些书名：《我的军旅生涯》《朱阿夫团歌》《大地测量》《简明代数》《一八七〇年的教训》《从村庄到卧室》《麦克马洪元帅——一个战友的回忆》……但有些书名却已忘记。

父亲离开人世之后，书房就改成了卧室，书也不在书架上了。

"喂，过来看一下。"一位大哥喊我。

他正在搬书，将书进行分类。他看上去很有耐心，把书一本一本打开，一句话也不说。他寻觅着虫子蛀蚀的纸张气味，其中夹杂着童年时代带有霉味的那种香气。一片放到书中的郁金香花瓣,现在早已干枯,但看上去仍然那么鲜艳。

"喂,过来看一下……"

我看到了 12 本硬面精装的本子,在本子里记录着父亲的隐私,其实,这些本子本来早就应该被发现的,但当时我却没有去在意这些。每本书的页码不等,有的有 150 页,有的有 200 页,有的有 300 页;每本都是优质纸品,有的是直纹纸,有的是厚"横格纸"。整体看上去非常整齐,空白的页数还有许多,大概有几百页……这是可以展开幻想翅膀的书,也是父亲对写作这个美好愿望的向往。

留下了那么多的空白页没有写,就是因为父亲的羞怯与懒散。大哥会撕下来为别人开处方,母亲也会用这些白纸包裹果酱罐子,她的小孙女还会在上边展现自己的"绘画功底"。但这些直纹纸本子,好像任凭别人怎么使用,都永无止境。母亲早就不想让这些白纸出现在自己的眼前了:"哎呀,怎么还有这么多啊?不行,我还要用它来包裹排骨……哦,对了,我的抽屉也坏了,也可以用来糊我的抽屉……"我知道,她之所以会这样说,是因为心中还带有强烈的憾恨,那些白纸是父亲还未完成写作的佐证,母亲想要将这些消除掉……

当我开始写作的时候,轮到我从这笔遗产中汲取力量了。我是一个不懂得节约的写作者,我在平日里养成了在光滑的上等纸笺上写作的习惯,我用粗大的圆体笔画书写,我会毫不顾及地将这种字体盖在模糊不清的潦草笔迹上。在这个世上,只有我能认出上边的内容究竟是什么,书稿的扉页上是父亲唯一的亲笔签名,是带着爱的亲笔签名:

献给我亲爱的灵魂,

　　你忠诚的丈夫

　　　　　　　　　　　　　　儒勒-约瑟夫·柯莱特

野孩子

　　"野孩子……野孩子……"母亲经常对我们无可奈何,"哎,这些野孩子究竟要干吗?"

　　母亲摇了摇头。她看上去垂头丧气,但内心却仍在挣扎着,她想着究竟要不要放弃我们,进行了一番思索之后,觉得这些孩子管不了就任由他们释放自己吧,但是又觉得管教孩子们是她的责任。母亲呆滞在那里,看着她的两个儿子,他们是同母异父的兄弟,母亲觉得她的两个儿子是那么的英俊,尤其是她的大儿子,满头栗色的头发,17岁的他,红红的嘴唇。他平时都比较严肃,只有我们几个漂亮的小女孩才可以看到他的笑容。她的小儿子13岁,头发是棕色的,但却参差不齐,这头柔发将他蓝灰色的眼睛都快要遮挡住了,小儿子的眼睛像极了父亲……

这两个孩子被称为野孩子,他们身体消瘦,也许是不爱吃肉的原因吧！别看他们看起来瘦,但走起路来却步履轻快。父亲平时的饮食就很清淡,他喜欢吃黑面包、鲜鸡蛋、生菜、硬奶酪、南瓜馅饼、韭菜这些,所以,孩子们也喜欢吃。孩子们过着这种淡泊而又朴实的生活,这才是真正的野孩子……

"他们将来要干什么好呢?"母亲担心地说。

小哥俩的性格都特别好,因而谁都不愿意看到他们分开或是让他们伤心难过。

大哥颇具有领导者的风范,二哥喜欢幻想,每当大哥发布命令时,二哥还会加入自己的一些幻想,而幻想又是那么的美好。大哥喜欢救死扶伤,而二哥的愿望则是自己安静地坐在那里,等待着,他不愿意生活在现实当中,而是沉浸在自己的美好愿望中,自由自在,无忧无虑……这就是他的理想。

哥哥们玩耍吗？这种情况很少。即使我们的乡村看起来是那么的优美,是玩耍的好地方,他们也仅仅喜欢这里的鲜花与精致的事物,他们喜欢待在辽阔无人的地方,他们热爱让自己朝气蓬勃、生机盎然的东西。他们在游戏中是那么平淡,没有扮演过重要的人物,如鲁宾孙与征服者,当然也没有表演过即兴创作的独幕剧。二哥倒是参加过一次剧团演出,这个剧团里全是爱好悲剧的男孩子,但二哥也只答应演哑剧,还是扮演里边的"呆儿子"。

这让我又想到了从前,那些事还是母亲给我讲过的。而今,我也像那些老人一样喜欢思念自己的亲人,于是便从记忆的大海里搜索着过去的一件件往事,回忆青年时代是如何度过每一分每一秒的,又是如何将这些宝贵的时间浪费掉的,然后又懂得了珍惜时间,把握一分一秒,我迫切地想要知道:他是用什么样的方法拼读出与他水火不容的名字的……

我和我的这位二哥永别了;关于他的成长史,我只能从母亲的叙述中与我对儿时的回忆中得知。有那么一天,天色渐渐暗淡下来,当时我的这位二哥已是将近 60 岁的花甲老人了。他留着灰色的唇髭,悄悄溜进我家,将我的表打开,凝视着上边指针的走动,随后又拿起一个揉得已经皱褶的信封,从上面揭下了一枚外国邮票,然后如同释放了自己一般,长吸了一口气,吹起了口哨,吹奏的是一首那时非常流行的曲调,之后,不再发声,而后,人也消失了……

这位满头白发的老先生,就是当年的那个 6 岁儿童啊,他当年总是会跟在来我们村子行乞的音乐师的后面。记得有一回,他跟着一个吹奏单簧管而只有一只眼的人走到了圣镇——从村庄到那里的距离有 4 公里远呢——后来,他回到了家,正好碰到母亲正召集人寻找他呢。毫无疑问，那天他挨训了，但他也心甘情愿地在大人的旁边听着他们的责备，毫无怨言。等到母亲的气消了，他才走到钢琴前，弹奏起了他刚刚跟着的那个独眼人吹过的所有曲调，节奏准确而完美，其中的一些小和弦把握得也很恰当。

二哥简直就是个音乐天才，在家齐莫多节的集市上听到了旋转木马台里放出的曲调，回到家之后，凭着自己的记忆，也可以原样复奏出来。无论什么样的音乐，他都能够精准地抓住音符，复制出来也是那么完美。

母亲有一个大胆的想法，建议他学乐器机械与和声学，母亲说："他的天分要超乎于大哥，将来是当艺术家的料……不过，这也只是有可能。"

在二哥 6 岁时，母亲始终相信自己，她相信自己对他有益，但有时想想，又感觉没有什么益处。啊，他是这样听话的一个孩子！……他在母亲的眼中，唯一的缺点就是每天外出贪玩，找不到人影，除此之外，母亲对他没有什么可责备的了。哥哥的身材娇小，非常灵活，也很稳重，刚刚还看到人在你的身边，可一转眼的工夫就不见人影了。他会去哪儿呢？这次是真的找不到他了，他平时喜欢去的空场子、溜冰场、大游乐广场，都看不到他。哦，还有一个地方，就是 4 世纪时兴建的城堡，在那里有个残存的古老冰窖,如果这里没有,那就是在市集广场的匣子里,还有一种可能就是他现在正跟在钢琴调音师的后边,也许这个人现在来了省城,正在为村子里的4架钢琴定音。他一来就会询问村子里的人是否要修自己的钢琴或要调音,有时还会给拥有钢琴者一些关于钢琴使用的建议。

在我脑海中所储存的记忆就是,我对乐器有种特殊的爱,看到乐器,我就会想到那种桃花心木制作出的精致而巧妙的结构。这种钢琴在外省人家的客厅的角落里会有,在那个幽暗的角落里,它显得那么的庄严,而当音乐响起时,客厅里的大蜡烛似乎在伴随音乐翩翩起舞……

这下你知道了吧,他多么温顺,心态总是那么平静,但事情却总不是想象的那样……

"妈妈,我想要两个苏的梅子和两个苏的榛子。"他突然这样说。

"这么晚了,杂货店已经关门了,"母亲这样对他说,"先睡觉,妈妈保证你醒来之后就可以看到你今天想要的东西。"

第二天晚上他又这样要求母亲:"我想要两个苏的梅子和两个苏的榛子。"这让人觉得纳闷,他平时不是这样的。

"现在是晚上,你知道的,白天为什么不说呢?"母亲有些生气了,"赶快睡觉!"

这种行为他一直持续了 10 个晚上，一直重复着那句话，他似乎在捉弄着母亲，当时我真的很佩服母亲有这么好的耐心，她并没有让这个倔强的孩子吃苦头，打他的屁股。可能这个孩子自己都想要让母亲揍他几下呢！他也许想让母亲生气发火，对着他痛骂几句，将这些美好的夜晚破坏掉，这样，他就不用早早地上床睡觉了……

许许多多个夜晚就这样过去了。到了晚上，他又准备开始自己的老样子，摆起自己倔强的表情，试探性地开口了：

"妈妈……"

"嗯。"母亲也许也做好了准备。

"妈妈，我真的想要……"

"在这里，给你。"

母亲边说边站起来，走到壁炉旁，打开老壁橱，手向里边伸去，取出了两个大包包，这两个包包有婴儿那么大，走到他身边将两个包包放在了儿子的两侧，说：

"买来了，吃吧，吃完了再买。"

二哥脸色开始凝重起来，低头望望母亲，这时，他显得那么有理，他似乎要爆发了。

"这是给你的，快吃吧！"母亲又一次说。

这时他抑制不住自己的情绪了，开始大哭起来。

"可是……可是……我不要这些，我不喜欢。"他边哭边说。

茜多还是那么有耐心，她俯身望着自己的孩子，就像集中注意力观察一个刚裂开缝的鸡蛋，幼雏即将挣脱外壳似的，又像鉴赏一株未曾见过的十分珍贵的玫瑰花，也像邂逅一位从东半球来的高贵使者："你不喜欢这些，那你究竟想要什么呢?"

孩子是那样的顽皮，他不由自主地说："我原本只是想要就是。"

每个季度母亲都有自己的活动，她会乘马车去奥克塞，每次都会在深夜两点动身。几乎每次我都会陪同她一起去，母亲也愿意我跟着她。我是这个家里最小的孩子，大家都称我为"老巴子"，可见他们是多么溺爱我。我会躲在马车车厢顶里头，但在我出生之前的 10 年里，二哥一直占有这个座位，他非常机灵，在一个地方待的时间不长，总是会乱跑。每次进省城，他都会跑来跑去，根本看不到他的踪影，他总是会在你不注意他时偷偷溜走。他不会在一个固定的位置待太久，一会儿在大教堂，一会儿在钟楼里；还记得那次在大食品店里买东西，大家都在收拾已经买好了的东西：甜面包是用深蓝斜纹纸裹着的，5 公斤巧克力、香草、桂皮、肉豆蔻、朗姆酒——这种酒是用来调制烈性酒的，还有白肥皂与黑胡椒等，这时，二哥又不见了。母亲这个时候很着急，她大声喊道："哎呀！……孩子又去哪里了?"

"哪个孩子？柯莱特太太？"

"我的小儿子，你们谁看到他了吗？"

但却没有人说话，证明这里的人都没有注意到他去哪里了。母亲观察了四周围，没有井，就逐个排查起油缸与盐卤桶来。

这一次，二哥很快就被找到了。他是在天花板上被找到的。找到他的时候，他在上面用大腿与脚紧紧夹住一根螺旋形的铁柱，头顶着天花板。在天花板的正梁上悬挂着一口大钟，那口大钟像平脸灰林鸮，他上去就是为了拨弄那个，也为了聆听那口大钟的齿轮转动的声音。

如果是一般人家生了与众不同的孩子，身边的人会跟着一起高兴，会竭尽全力培养孩子，为孩子的未来着想，让他享受最好的生活，让他的未来更加美好，就算孩子再淘气，甚至在长辈的屁股上踢两脚，他们也愿意这样宠着孩子。母亲认为，以她自身的能力与积累的经验，培养出有出息的孩子是小事，这也是自己的责任；她就是那么认为的，"你的人生倾向于哪边，那么以后就会倒向哪边"，为了能够鼓舞到自己，她坚决地说：

"阿契厄将来会做医生，莱奥少具有音乐天赋，会做音乐家吧。那么，小女儿……"

她这时倒有些不知所措了，母亲抬了抬自己的眉毛，仰头望向云霞，似乎在思索着，我的职业要等等再说。让大家都觉得奇怪的是,母亲从来都不提及自己大女儿的前途,大姐已经是成年人了。但她一直都融入不了我们这个大家庭,对我们来说,她也是陌生的,她总是那么喜欢将自己独立起来。

"朱丽埃特是另一类野孩子。"母亲为之感到叹息,她又继续说道,"没有人了解她,我也是。"

并不是像母亲所预料的那般,孩子们一次次地辜负着她的期望,但她也不气馁,重新又给自己信心,为我们的光亮探索着。出乎她的预料,她的二儿子并不是她所说的那样,做了一个音乐家;这个问题一直困扰着她,一直到晚年,她还在思索着这个问题。"你知道你的二哥现在还有时间练钢琴吗?他异乎寻常的天赋是每个人都认可的,不可以就此放弃;无论事情发展到何种地步,我都一直相信他……"这是母亲写信告诉我的,这个时候,他的二儿子已经44岁了。

错过就是错过了,二哥命中注定与音乐无关,同时也错过了学习医药的机会,关于学科,他都错过了;关于一切与他这个爱自由的人相违背的事,他都错过了。但在我眼中,他依然是他,没有做出任何改变的他。他今年63岁,我称他是空气精灵,和其他空气精灵一样。家乡,是他唯一眷恋的,他如同蘑菇一般,是家的守护者,如同屋顶的树叶,将自己卷曲起来。空气精灵的愿望非同一般,它会将人类沉重的外套脱去:有的时候,空气精灵会披散着自己的长发，不打领带到处穿梭。如果这个时候你在它后边，看到它的背影，就像看到了一个空外套一般，行动飘忽不定，像有人对他下了咒语一般。

二哥是一名小小的抄写员。他之所以会选择这个职位，干这个工作，就是因为他只要一坐在桌子面前就会感觉到浑身自在。这个职位恰恰顺应了他的心，他在这里是自由的，唱歌、听音乐、作曲，他在这里可以找到童年的乐趣，他找到了 6 岁时的自己，与往昔一样，拆钟表，到市里的钟表店闲逛，收集自己喜欢的名言警句，漫无目的地踩着泡沫塑料，弹着钢琴……回到了童年，他感觉很快乐，他留恋上了这里，他钻进了那个小巧玲珑的胴体里，他翱翔在他的精神园地，他深深爱着那里的一切，那里让他这个 60 岁的老顽童无比快乐。

多么遗憾！可他并不是天真无邪的孩子。他总是徘徊在现实与梦幻当中，来来回回，有的时候让人感到无比心碎……

某一天黄昏时分，天空下起了毛毛细雨，蒙蒙的细雨垂在旧王宫拱廊下面。这时候，二哥突然出现了，我都好几个月没有见到他了。他被雨淋得浑身湿答答的。二哥坐在屋子里的炉子旁，嘴里吃着自己平时爱吃的食物——易烊的糖果、甜到心里的点心、糖浆，但却若有所思，反正心思不在吃的上边——打开了我的表，后来又打开我的闹钟，静静地听了一会，一声不吭。

我暗自观察着他，他脸上的胡子都已经花白了，他的蓝眼睛像极了父亲，鼻子像母亲，但比母亲的肥大——骨骼与肌肉是与生俱来的，很普通，但隐约间从他身上也可以找到父母的影子……他的长脸庞，看起来是那么的恬静，在火光的映照下显得更加温柔、茫然……我们彼此之间，童年时期的习性，矜持、恭敬、自在仍然保留着，这时候，我并没有在中间插话。

　　他的外套被雨淋得湿透了，他烘干了衣服，就开始眯着眼睛抽起了烟，并搓着手。他平时并不爱护他的手，不用热水洗，也从来不戴手套，看起来干巴巴的，有些发红。这时，他先开口了："喂？"

　　"嗯……"

　　"我去过那边一次，你知道吗？"

　　"哦？什么时候的事情，我怎么不知道？"

　　"刚刚才回来。"

　　"啊……"我带着羡慕的腔调对他说，"你去过圣—索弗尔了？谁带你去的呢？"

　　看到我这个表情，他开始傲慢起来。

　　"是夏尔·法鲁开着他的汽车带我去的。"

　　"我亲爱的老哥！……这个季节，那个地方一定不错，很美丽吧？"

"还可以。"他敷衍了事地回答道。

他鼓了一下鼻孔，又变得抑郁起来，看到他表情沉闷起来，我又低下头来继续写起了文章。

"喂？"

"嗯。"

"我还去过罗什呢，你知道吗？"

听他说完之后，我的脑中立马浮现出了一条婉转而又凹凸的黄沙山路，就如同一条蛇爬在玻璃上一般。

"哦！……如何呢？那边高丘上的树林怎么样？小亭子怎么样？还有洋地黄……欧石南……"

哥哥吹了一声口哨。

"不好，已经看不到树林了，全都被砍光了，一片荒凉。我就看到了泥土，只看到……"

他用手在空中做了一个动作，耸耸肩，眼睛盯着炉火，笑了。他笑是理所当然的，但我却没有与他一起笑。这个老精灵啊，浑身颤抖，心里饱经沧桑、挫折，他不能再保持沉默了，在微弱火光的照射下，他放低了自己的声音：

"还不止这些，告诉你，我还去过沙堆院……"

听到这里，我感觉这个名字是如此的质朴，配得上它。在颓废的城堡旁，蔷薇拱门历经岁月的摧残，常春藤垂下的暗影落在了撒拉逊式的城楼上，显得枝繁叶茂、香气扑鼻，红色的栅栏门显得那么粗糙，坦然地立在门口，这里的一切都映入了我的眼帘……

"哦！我亲爱的哥哥，那之后呢？"我还是想知道那里还有什么。

哥哥蜷缩着身子。

"等一下，"他带着命令的口吻说，"从一开始说起啊。我来到城堡，当然现在那里已经成了静养老人的地方，是维克多·冈德里耶将它改变成那个样子的，我无话可说。下面有一个入口处，我就是从这个地方进去的，这个入口邻近比耶特太太家……"

哥哥提到的这个人已经离开了人世："比耶特太太？她去世已经有 40 年了吧！"

"好像是吧！"哥哥看起来根本就不关心这个，"当然了……有人也曾和我提到过另一个人的名字……那名字不好记……他们觉得我可以记住这个一点都记不住的名字！……不管了，反正我是从那个入口进去的，然后经过了椴树夹道的那条小路……呐，一扇门出现在我眼前，我推开门，惊讶的是，里边没有狗的叫声……"他开始激动了。

"先停一下，老哥，里边肯定不存在原来的那条狗了……我们来分析一下……"

"好，好……你说的有道理，但这些内容是无关紧要的……你真是烦，有些事都不想要和你说，你还记得原来种长寿水仙与虞美人的地方吗？现在都改种了土豆……还有……"他的语气很强硬，继续说，"草坪周围都围上了铁丝网，还是那种方格子的铁丝网……我想那是用来干什么的呢？……看样子好像是用来围住奶牛的……这帮畜生……"

他继续蜷缩在那里，双手抱着膝盖，晃动着，从嘴里发出轻微的口哨声，像个艺术家，看上去那么的潇洒。

"还有吗，老哥？"

"嗯，还有，我沿着水渠往上走，"他带着狠狠的语调说，"要是这么个——"他吐出的每一个字都那么清晰，生怕我听不明白，"这么个牛粪满坑、蚊蝇乱飞的臭水沟还能叫水渠……嘿，不想说这个了。之后就来到了沙堆院。只不过……"他又犹豫了。

"只不过什么呢？老哥，说下去。"

他转过身，眼睛不看我，但却在笑，虽然是在笑，但笑容中却带着怨恨。

"他们把第一个院子——就是在栅栏前边、马厩后边的那个院子，改成了晾衣场……这其实还没有触碰到我的愤怒点……好吧，我承认我没有太在意这个！解释一下，因为当时一直在等待着'开铁门的那一会儿'。"

"等下,这个是什么意思,就是'开铁门的那一会儿'?"

哥哥有些厌烦了,打了个响指。

"呐……看一看铁门的门闩。"

听他说完,我似乎已经将门闩抓在了手里——那门闩黑漆漆的,非常光滑——嗯,我真的看到了……

"嗯,对了,当时门是闩着的。只要用手一拧它,"他边说边做着这个拧的动作,"铁门就会自动打开,打开的时候,还会发出……"

"咦—咦—咦扬……"我和哥哥两个人一起用四个音符唱起来。

"对,就是这样,"二哥又一次激动起来,他晃动着自己的左膝,"我拧动……把门儿打开……侧耳倾听……哎哟,你猜,我听到了什么?"

"不知道……"

他随即站了起来,沉默了,没有再继续说下去。他把大衣披在自己的背上离去了。那四个音符已经不再属于他的了,他的耳朵刚刚做的都是无用功,听了也是白听,从此之后,他再也没有听到过那么悠扬的曲调了。发出这四个音符的是一扇古老的大门,再加上一颗沙粒和一层铁锈,但也是那么美妙,只有它才能够配得上这个野孩子,同样也是哥哥此生受之无愧的精美礼物。

"梅里美的书你看到哪个地方了?"

"他差我 10 个苏。"

"什么!"大哥带着震惊的表情说。

"是的。"二哥接着说,"不过我还欠 3 个法郎。"

"作家是哪一个?"

"维克多·雨果。"

"书名是什么?"

"我只知道有《大街和树林之歌》,其他的就不得而知……啊!这个小子真难搞!"

"我看,"大哥非常兴奋,"你就应该囫囵吞枣地将那本书赶快看完!早一点还掉那 3 个法郎!"

"我去哪里找那 3 个法郎呢?我现在分文没有,连一个苏都没有。"

"去和妈妈要啊!她有。"

"哎……"

"要不然你去问一问爸爸,你对他说拿钱来为家里买烟,但是一定要记住,不能让妈妈知道这件事,你这样做,爸爸肯定会给你钱的。"

"如果不给怎么办?"

"那就没有办法了,罚款是避免不了的,还要再付人家 5 个苏!"

这两个野孩子在那个时候与同龄的少年一样对书非常痴迷 经常,拿起书来一本一本地读。他们看过的书就有很多。如果 手中捧上一本书,他们就会如痴如醉。不论日夜,不管在什么地 方——树顶上还是干草上,都不会阻碍书上文字的魅力。他们 也不挑剔,只要看到书就开始读。他们每次都会被书中的"小妞 儿"这个词吸引,他们也会念出声来,这时会故意将声拖得长长 的,生怕人不知道,还要淘气地做个鬼脸,像是很厌恶的样子。 他们从内心抗拒这个词,在每本书里都寻觅一遍,每当找到一个 这样的词,他们就会往两个人共用的积钱箱记上两个苏。如果 一本书中没有这个词,他们就会赚回 40 个苏。这种协议一直持 续了两个月,他们已经说好了,等快要开学的时候,他们就会用 赚到的钱去饱餐一顿,再买几个捕蝶网,还要买捕鱼的渔网 子……

因为当时我才 8 岁,在他们看来,我还小,不能参加到他们 的行动当中。我的这两个哥哥信誓旦旦地说,前不久他们还玩 点燃的蜡烛呢! 他们顺着蜡烛将流淌下来的蜡泪刮下来放在嘴 里吃,这些行为是多么的幼稚。两个哥哥的这些淘气行为没过去几天，他们就又开始喊我"哥萨克小孩"。不过，我也有对付他们的方法，我冲着他们说"小妞"，把嘴一撇，装作呕吐的样子；而且我也会根据自己的观点来评价一部小说的作者了。

"狄更斯写得很好，我很喜欢。"一个哥哥说。

"狄更斯不算什么，"另一个哥哥却有自己的看法，"这本书是翻译出来的，我觉得翻译者是个骗子，在欺骗我们。"

"那埃德加·坡呢？也算不上什么吗？"

"哎……一般常识中本应该将历史书除去的，这类书不应在考虑的范围内，遇到这类书就应该倒找给我们 10 个苏。大革命可不是'小妞'——呸！——夏洛特·高代也不等同于'小妞'。——呸！——关于梅里美写的那本《查理九世朝轶事》也应该除去。"

"哦，这里还有一本《王后的项链》，该如何处理？"

"嗯，我认可这个，它才属于一本纯粹的小说呢。"

"还有巴尔扎克写的那本《卡特琳娜·德·梅迪契》怎么样？"

"可以，这类书都可以，你是怎么了，说起话来奶声奶气的。"

"不是的，老哥，你听我说！是这样的……"

"老哥，我恳求你动动脑筋……哦！先不要说了。街上有人走过来了。"

哥俩非常和睦,从来没有争吵过。有的时候,借着午后温暖的阳光,他们来到屋顶上,躺在那里晒太阳。两个人开始各自发表自己的看法,进行讨论,但却对彼此都很尊重,不会相互谩骂。而我,却被两个哥哥宠溺着,他们每次都会在那块稍微有些倾斜的青石板上为我留一席之地。而这个地方都是俯瞰葡萄园街的最佳之地;这条小巷子一直通向圣·让山谷一带的菜园,冷冷清清的,几乎没有什么人从这里经过。两个哥哥只要一听到有人走路的声音就会终止谈话,身体紧贴墙壁,偷偷观察着从这里路过的每一个行人,就像战争时期的侦察兵似的……

"哦!没事,是谢布里埃正要去他家的菜园呢!"二哥安慰着大哥说。

这时,他们已经忘记了刚刚的争论,太阳渐渐落山,时间也一点点从身边流逝,凹凸不平的碎石路上又一次听到了逐渐清晰而又急促的脚步声。他们侦察到了,过来的这个人穿着淡紫色的短上衣,一头红铜色的卷发,形状如同金字塔一般,整个巷子只有他的头发是最突出、最亮眼的。

"嘿!她是红棕色的头发!"因为害怕别人听到,二哥放低声音说,"嘿!火红色的!"

刚刚 14 岁的他,看到打扮得光彩鲜亮的"女孩子们"竟如此激动,眼睛发亮,他的内心似乎已经澎湃了,动了歪脑筋。

"这是弗萝尔·谢布里埃,她肯定是要去找她爸爸呢,"女孩儿的身影渐渐消失在了街道,这时,大哥开口了,"她确实比以前漂亮了。"

女孩们的背影消失之后,二哥趴在地上,交叉的双臂托着他的下巴颏。这时,他不屑地眨了眨眼,鼓起嘴巴,这些举动就如同老水手扑克牌上的小风神……

"这几个女孩那火红火红的头发!大红的头发!就如同她们的头上着了火一般!快来救火啊!救火啊!"他的这些话语带有挑衅,很明显看出他是嫉妒她们的。

大哥无奈地耸了耸肩胛。

"你都不了解那个金黄色头发的女孩儿,"他说,"我么,我觉得她长得……那么……那么讨人喜欢……"

于是两个人释放自己开始大笑起来,伴随着发育期的沙哑声。

大哥天生有一双碧眼,非常迷人。他那迷惘的口气说到那个古怪的字眼,他们便又忍不住大笑了一会儿,又一次发出了正在发育期沙哑的声音。他们开玩笑式地扭打在一起,撞击着墙壁,鞋底的钉子摩擦在旁边的石头上,然后软绵绵地一起跌倒在树底下的地上。发出的这些声音,我都听得清清楚楚。玩累了,就相互让步,松开了彼此。

哥俩从来不会打架，也不会吵架。他们到了这个年龄已经懂得了：拥有红棕色卷发、穿着淡紫色短上衣的女孩再怎么珍贵，也没有哥俩亲密玩耍与嬉笑来得更珍贵。兄弟两个像受到军队的训练一样，迈着一致的步调，朝回家的方向前进，路上经过了制作金凤蝶标本的软木盘，经过了喷泉装置，经过了蒸薄荷油的蒸馏器。蒸馏器是特意用来提取沼泽地出产的薄荷香精的，而这里沼泽的气味却依然留在原地，散发着它那独特的味道……

两个哥哥的性格都非常孤僻，有的时候，两个人在一起也并不显得天真无邪。他们处于青春期发育时期，身体在一天天成长，但也会有不知从哪里来的烦恼，而且一天比一天深。他们的脾气也一天不如一天，总是喜欢挑衅与闹事。看到谁不顺眼，他们就会把这个人作为自己发泄的对象。那次，他们选中了邻镇的一个孩子来出气，这个孩子是一名中学生，名叫马提厄，是来这里度假的。这名中学生不惹人喜欢，但也不让人讨厌。他善于交友，穿着也很整齐，一头淡黄色的头发。我的两个哥哥看到了他，顿时就在脑中有了坏想，就像怀了孩子的孕妇一样，不同于常人。马提厄看到哥俩之后会热情地打招呼，他想要融入这哥俩的氛围中；看到热情的马提厄，我的两个哥哥的态度却完全相反，他们做出一副傲慢的表情。两个人头戴着灯芯绒草帽，脚穿帆布鞋,他们轻蔑地盯着马提厄的领带。大哥从来都没有给过这个"公证人的儿子"好脸色,二哥也跟随着大哥的步调,他吊儿郎当地撕碎手帕,长裤捋得高高的,挑衅着等待这个孩子。不一会儿,马提厄就骑着自行车朝这边来,他戴着手套,一看到两个哥哥,就立即热情地从自行车上跳下来,叫道:"嘿!看我特意给你们带来了《让内特的婚礼》乐谱,还有德文版钢琴四手联弹的贝多芬交响曲。"

大哥显得并不是那么友好,强势地打量着这个他们一点都不欢迎的"客人"。他们一点都瞧不上这个孩子,他看起来是那样的平庸,没有自己独特的思想,与他们格格不入,表面上看上去也不上档次。马提厄这时候慌神了,友好地对大哥说:

"你和我联弹一会钢琴吧,怎么样?"

"和你?你不行,我要自己弹。"

"好吧,要不然我给你翻乐谱,你来弹,好吗……"

不知大哥心里怎么想的,他居然答应了;再看二哥,他的脸色这时并不好看,心中的怒气顿时就要发泄出来了。哥俩的意见又出现了分歧,场面非常尴尬。而马提厄却不这样,他的性格温顺,所以即便是这样,他还是经常过来玩。

有一天,两个野孩子刚刚吃完了早饭就跑出去玩了,他们在外边待了一整天,天黑了才回来。他们显示出一副疲劳的模样,

MENTHA_AQUATICA

a   b

—— 薄荷 ——

路上经过了制作金凤蝶标本的软木盘，经过了喷泉装置，经过了蒸薄荷油的蒸馏器。蒸馏器是特意用来提取沼泽地出产的薄荷香精的，而这里沼泽的气味却依然留在原地，散发着它那独特的味道……

MENTHA_AQUATICA

但看上去却非常高兴,他们分别走到两张绿色棱纹平布的旧长沙发上,一头倒在了上边。

"这两个孩子,去哪里了呢？累成这个样子?"母亲问。

"去了很远的地方。"大哥柔声柔气地回答道。

"马提厄这孩子来找过你,没有见到你,看起来似乎感到很意外。"

"不要理他,他这个人就是这样的,总是喜欢大惊小怪的……"

哥俩并没有告诉母亲他们究竟去了哪里,干了什么,只有与我单独相处时,才说出了事情的真相。因为我每次都会为他们保守秘密,不会泄露出去,而他们每次谈话时也不躲着我。从他们的谈话中,我得知,原来他们两个人躲在了圣·福公路上边的一个小树林里,马提厄从这里经过,他们看到他了,但却没有出声。他们两个人一直在我面前说个没完没了,而我对他们说的事也毫无兴趣。

二哥说:"我听见他的自行车响呢……"

"那个我老远就听到了,比你提前听到……"

"还指不定谁先听到呢！你还记得吗？他停下来擦汗的那个时候?"

他们两个人同时躺下,眼睛望着天花板,继续谈论着,但声

音却小了很多,我知道,他们是可以将声音压得很低,大哥这时候兴奋地说:

"对了……那个家伙东张西望的,似乎已经觉察到了我们就在他的身边……"

"哈,老哥,得了吧,嗯?你不觉得有趣吗?我们一直盯着他看,他那个时候才站住,对不对?我可以看得出,他当时很尴尬,整个……"

大哥渐渐地放松了自己,眼睛暗了下来。

"哦!我知道了,也许是因为……他系了花格子领带……我看他将来就会因为那个花格子领带而倒霉的……"

我突然间窜出来,挤到他们两个中间,非常兴奋:

"怎么了?怎么了?出了什么事了?"

两个人同时用异样而又冷漠的眼神看着我。

"这个丫头从哪儿冒出来的?她这是要干吗?"

"你刚才不是说……"

他们两个人又挺身而起,傻笑起来。

"没有,什么事也没有,"大哥回答说,"你可以想象得到的,没事,我们让马提厄轻而易举地过去了,回想起来还挺搞笑的。"

"中间还发生了其他的事吗?"我觉得非常失望,又问道。

二哥异常地兴奋,跃起身来,在原地跳起了舞,有些情不自禁了,紧接着说:"是的,没有什么事发生了!你根本就不明白!刚刚我就躺在那里,马提厄愚蠢地站在我们的眼前!系着他那领带,梳着二分头,上衣倒是与平时有些不一样,不过也没什么区别,只是穿了件活袖的,鼻子油光光的,哼!看起来还挺神气的。"

他恭敬地朝向大哥,俯下身,使鼻子可以触碰到他:

"刚才是把他宰了的好时机,是吧,嗯?"

大哥这个时候却绷着身子,闭目养神,在那里一声不吭。

"你没有宰了他?"我惊愕地问。

两个人躲在树林里的一个让人找不到的地方,想到宰人这样的坏主意,肯定会非常紧张,浑身上下都在颤抖。我突然间的出现,让他们的思绪一下子飞了回来。两个哥哥看我自然会忍俊不禁,开始大笑,笑声中充满了稚气。

"不,"大哥搭上了我的话,"我们并没有杀他。我也不知道当时究竟发生了什么,只不过……"

他又开始激动了,哼唱起来,随口而出的歌声正是他平日里喜欢的歌曲。而这些歌都是他在读大学无聊时自己编制的,节奏与歌词都显得那么与众不同,而且又特别有韵味,人们听得入迷,但却往往忽略了其中蕴含的深深的含义。在他的波尔卡舞曲的调子里还和着我的声音,而现在仅仅只有我一个人在咏唱着这首与医疗方法完全相违背的偏方歌谣:

一片安息香酸酊

如此妙药，

能治头痛脑热

灵验！

一片安息香酸酊

如此妙药

能治子宫颈炎

灵验！

我会更喜欢那首人尽皆知的、人们都在唱的晨曲，这里不说它其中的曲调，我就喜欢当中的歌词：

药剂师庞盖的止痛药，

让人震惊，

哪里痛贴哪里，

哪里就会舒坦祛除疼痛……

那天晚上，大哥真的是唱嗨了。他唱得很起劲，又改编了塞维洛·托莱利的小夜曲，他是这样唱的：

今晚我们没有宰掉马提厄，

我的棕发女郎，

让其与月光相媲美的人，

再活一些时日……

二哥这时为他的歌曲伴起了舞，就像罗朗扎其奥第一次犯罪时的那个表情。跳着跳着，他突然间停下来，凑到我的耳边暗暗发誓：

"下一次遇到他一定宰了那个小子。"

说起我的大姐，她与我同父异母——她长得和家里人截然不同，有一双西藏人的眼睛，在别人来看，她的外貌有些丑，但我觉得她还是不难看的。她在 25 岁的时候就与人订婚了；这门婚事遭到了母亲的反对，但却没有能够制止，大姐为了能够给家人带来一丝安心，讲了自己当时的想法。附近的人关于大姐的婚事都议论纷纷，从拉罗什到日尔波德，从贝莱尔到大游艺场。

"朱丽埃特这是结婚了吗？"有人这样问母亲，"这真是件天大的事！"

"在我看来那是一场事故。"母亲纠正了他的看法。

有的人话中带有讽刺的意味，听起来却是那么的令人不舒服，他们问道：

"嗯，这次朱丽埃特总算是结婚了！这是我们没有预料到的！太让人震惊了！"

"不是那样的!"茜多用犀利的话语驳回了这个人所说的,"那么,你们谁会让自己25岁的孩子永远留在家里,不让她出嫁呢?"

"那么,嫁给了一个怎样的人呢?"

"哦! 那简直难以形容,嫁给的就是一个衣冠楚楚的禽兽……"

母亲同情她那可怜的女儿,她内心深处本不想让大女儿嫁给这个人,但女儿性格倔强,孤傲自满,整日处于幻想当中,而且还喜欢看小说。两个哥哥对大姐出嫁的这件"大事"却有自己独到的观点。大哥在巴黎学医一年的时间里,并没有丢掉"野孩子"的这个称号而变成人们心目中所期望的文明人,他非常傲慢,面容光洁;那些他看了不足为奇的女人却用不屑的眼光看他,这让他的内心受到了创伤,耳旁也总是回荡着"婚礼行列""晚礼服""一直吃到夜晚的午餐""婚仪"这些话语,两个野孩子不喜欢别人说这些,但又避不开。

"我不要去参加婚礼!"二哥愤愤地说,气得快要晕倒了。他抓起了一顶帽子随便戴上,可见当时的心情差极了。"我才不要挽着她走呢! 我不要穿什么燕尾服!"

"你要给大姐做男傧相啊!"母亲安慰他道。

"我不要,她不结婚才是最好的,看她嫁的那个人,简直就不是个东西! ……整日里醉醺醺的! 以前,她不就是一直一个人过日子吗？现在为什么需要我们，还是一个人好了！"

大哥这个时候并没有过多的话语，不过他的脸色也并没有好看到哪里去，就像正在翻越高墙的运动员的表情一般，他的目光就像审度前方的障碍物一样。父亲整日里也忧心忡忡，他一直都不想见到那个让人头疼的家伙，试图躲避着他，但为了顾全大局，又不得不说服着儿子去参加这场婚礼，可想而知他那个时候的内心是多么的挣扎。最终，这两个孩子勉强同意参加大姐的婚礼了。让人出乎意料的是，他们要在婚礼上展现自己的才艺，他们决定为弥撒伴奏。这令茜多非常欣慰，她为两个野孩子做出的决定而感到高兴，有那么一段时间，她将那个"戴帽子的狗"——她的女婿抛到了九霄云外，终于在那一点点的时间里没有因为他而烦恼。

为了拥有一个体面的婚礼而练习演奏，家里的那架奥谢尔牌钢琴被提前搬到了教堂。野孩子们练习的时候，与管风琴动听的演奏相结合。练习的时候，他们会先把教堂的门闩好，不断地练习这首《阿莱城姑娘》的组曲，还有我不知道的斯特拉德拉与圣—莎昂为婚礼盛宴所谱写的一首乐曲……

他们的练习，母亲全然不知，而知道的时候又太晚了，这两个孩子在教堂里弹琴，一直不肯离开，他们仅仅在姐姐身边露了一面之后，就不见了踪影。在我的记忆中，两个哥哥弹琴的时候帅极了,他们演奏得如痴如醉,而演奏出的音乐也为乡村的弥撒与这个简单的小教堂带来了祥和与快乐。那个时候,我 11 岁,我为我拥有风华正茂的年龄而自豪,那个时候,我留着一头小夏娃的长发,穿着当时非常流行的粉红色长裙,我觉得看到我如此打扮的人会投来羡慕的目光,我对周围的一切都非常容易满足;但唯有看到姐姐的时候,我总感觉那么别扭,她十分瘦弱,脸色苍白,身子被包在雪白的罗缎与珠纱里,向一个陌生人抬起她那蒙古人的脸,眼睛含情脉脉而又对那个人唯命是从的样子让我觉得很羞愧……

那个婚礼宴会是如此的漫长,我总希望它快点结束。这场喜宴伴随着舞会悠扬的琴声,在我的期盼中终于结束了,两个哥哥只要一听到音乐就会非常激动而哆嗦。二哥一看就是喝多了,他一直待在这里。可是大哥的头脑还很清醒,他始终都保持着正义,知道在适当的时候悄然离开。他翻过葡萄园街的院墙,跳进自家的花园,但因为没有家中的钥匙而围着紧闭的房屋绕了一圈,然后砸碎了玻璃,跳进了屋。母亲在喜宴上精疲力竭,当她不得不将自己神情迷惘、浑身颤抖的女儿交到那个陌生人手中,然后迫不及待地回到了家时,大哥已经睡得浑然不知了。

后来,母亲也曾向我谈起那个暗淡的夏日清晨,谈起像刚被洗劫一空的家,谈起她是那样悲伤而又劳累,谈起她长裙的前摆处已经破了几个洞,还有那只动荡不安的小猫,它刚刚才被母亲的声音召唤回来。母亲说那个时候,她回到家的时候,大哥已经进入了沉沉的梦乡,大哥的两只手臂交叉在胸前,嘴唇红红的,眼睛紧闭,也许他这个时候才能够安静一会儿吧……

对于大哥打碎玻璃的这种行为,母亲完全可以理解,她对我说:"你能够理解的,哥哥想要到一个能够让自己亲近的地方,远离那些满身是汗味的人群,出来吹着夜风,透透气,这才打碎玻璃! 他是那么的乖巧,你知道吗?"

就是母亲口中的这个乖孩子,不知道有多少次,我看到他一听到突然响起的铃声,就会越窗而逃。

大哥因为工作的繁忙与劳累,年龄不大就显得非常苍老,头发的颜色也与实际年龄不相符,看上去灰白一片,但是他的身手却依然不减当年,灵活矫健,从他跳进自家花园就可以看得出。他的几个小女儿总是对他笑而不语。他性格孤僻,尽管他已经努力做出改变,但却无济于事,这也给他带来了一定的困扰,导致他面容消瘦。也许是因为他内心的封闭,不能敞开心扉,他感到他的院落越来越窄了;可能是因为经常回忆往昔的童年时代吧,他总是会逃回那张曾经的小床,倒在上边,半裸着上身,渐渐进入梦乡,沉睡中的样子看上去是那样的纯真、那样的舒畅。

Chapter 3

葡萄卷须

葡萄卷须

很久以前，夜莺在晚上是不唱歌的。她拥有非常漂亮的声线，每当春天来临的时候，就会婉转啁啾，从早到晚一直都不停歇。黎明时分，天空刚刚透出灰蓝色，她和小伙伴们就会起身，这些响动甚至惊醒了在丁香叶子背面沉睡的甲壳虫，它们也都随着骚动晃悠起来。

但是到了晚上，每当听到七点半的钟声敲响，她就会马上歇息。无论在哪儿，这个习惯始终不会改变。她常常歇息的地方是葡萄花开、散发着木樨草香味的果园。她有着香甜的美梦，一觉就能睡到天亮。

一个春天的夜晚，夜莺选好了一根葡萄嫩枝就安心地睡着了。她睡得香甜,嗉囊圆鼓鼓的,脑袋低垂下来,好像脖子很酸,就是这样弯着脖子的样子也非常优雅。在睡梦中,柔弱而坚韧的葡萄触须生长着,散发出些许新鲜酸模般既刺激又解渴的味道。葡萄卷须生长得茂盛极了。就在那天晚上,夜莺忽然惊醒了,她发现自己的双脚被什么东西结结实实地绑住了,低头看去,原来是葡萄卷须,它将它的爪子缠绕起来,就连翅膀也觉得使不上分毫力气……

她以为自己就要被困在这里死去了,一种恐慌袭上心头,她用力挣扎着,害怕在此丢失了生命。所幸的是费尽千辛万苦终于脱身了,于是她发誓,整个春天,只要葡萄卷须还在不断地生长,她就不再睡觉了。

第二天夜里,夜莺仍旧惊魂未定。为了不让自己睡着,她开始硬撑着唱歌:

只要葡萄卷须在生长,生长,生长……

我绝不再酣睡!

只要葡萄卷须在生长,生长,生长……

她不断地变幻着旋律,开始耍着各种花腔。她居然被自己的声音迷住了,慢慢地,她成了沉醉、痴狂的歌手。每当有人听见她唱歌,总会情不自禁地停下来看着她。

我曾经在月光下看到一只夜莺在歌唱，那是一只自由自在的夜莺，她并不知道在不远处有人正偷偷地窥视着她。她极为动情地唱着，有时中间会有一段停顿，休息一下她再唱，弯曲着脖子，仿佛在聆听自己歌唱的音符缓慢消散的余音……经过短暂的休息之后，夜莺仿佛聚集了更大的力量，她奋力开唱，脖子向后仰去，充满了失恋者绝望的情愫。她为了歌唱而歌唱，唱得悠扬动听，美好到不知道其中蕴含着怎样的意蕴。而我呢，仿佛在这美好的音乐声中，又听到了低沉的笛吟，那颤音抖动着，好像水晶般清脆、有力地呼唤着，我仿佛又听到了她被葡萄卷须缠住那晚受了惊吓的初啼：

　　只要葡萄卷须在生长，生长，生长……

　　那苦涩的、脆弱的、柔韧的葡萄卷须也将我的心牢牢地缠住了，当我还在青春年少、拥有酣畅睡眠的时候。在某个夜晚，我会蓦然地惊醒，感觉无数的葡萄卷须在我的身体上缠绕，我用力去弄断，拼命地逃脱……然而当新夜的倦意将我的眼睑压下来时，我开始担心葡萄卷须，于是我开始大声地责怪抱怨，这时，我才明白，那不过是自己的声音。

　　半夜醒来，我常常是独自一人，眼前所看到的星辰正在妩媚而沉郁地缓缓升起……为了不让自己再一次坠入甜美的梦乡，我开始在葡萄花开的春夜聆听自己的声音。有时,那些人们习惯低声呢喃或者是缄口不语的话在我的口中狂热地大喊着。慢慢地,我的声音变得越来越低沉,甚至有些有气无力的感觉,没错,我不敢再继续了……

我想将自己内心的感受倾诉出去,将我所知道的一切,想到的一切,猜测到的一切,我所欢喜的一切,我所惊讶的一切通通地倾诉出去;但是每每到这里时,所有的一切都无法实现,当黎明来临时,夜晚的聒噪全部都退去,仿佛总有一只理智的手,清凉无比地按在我蠢蠢欲动的唇上,使我难以大声呼喊,于是所有酝酿的兴奋叫喊全部变成温和的闲话,而想要实现的高声,只是给自己的心灵寻找一些慰藉和安适罢了……

我幸福的睡眠啊,再难拥有了,但是,对于葡萄卷须,我也终于不再害怕了。

新年凝想

伴着下雪的天气，我、小狗和那条弗拉芒牧羊犬走在回家的路上，雪花落在我们的身上为我们蒙上了一层白色薄薄的雪粒……在我裙子的褶缝里与肩膀上，明显有雪花的痕迹，那么细微，几乎感觉不到，像冰糖屑儿在只有小拇指宽的塌鼻头凹沟里融化，牧羊犬弗拉芒从头至尾也铺上了薄薄的一层雪花，看上去那么耀眼。

我们出去就是为了看外边美丽的雪景，在巴黎，像这般优美的雪景确实很少能够看到，严寒的气候也实属少见，这次遇到这般景象也实属不易……我的家位于一个偏僻的街区，我们三个自由自在地奔跑在街道上，我们非常要好，玩起来是如此欢快，一直从泰尔纳街到马莱伯的林荫大道，我们奔跑着，我也像不受绳索束缚的小狗一样不知疲倦地狂奔。一会儿出现在斜坡的高处，转眼间又跑向壕沟，无论去向哪个地方，都是雪花飞舞。风将雪花撒得更加妖艳，我们又伴着风中的雪花跳起了舞蹈。我们凝望着远处黑沉沉的勒沃卢瓦，还可以看到几处零星闪烁的灯光，眼前似乎展开了一张帷幔，有成千上万的素色飞蛾翩翩起舞。雪花落在嘴唇上、眼睛上，不一会就消失殆尽，有的还沾在睫毛上、沾在面颊的汗毛上……手指附上那晶莹剔透而又脆弱的雪花，落下来带着一阵仔细听才能听到的微响，然后纷纷坠落至地上。这个时候，没有人看到我们。我们迈着大步，放高声音叫喊着，雪花落到我们的嘴里，我好像感受到了冰冻果冻的味道，其中还夹杂着香草的尘埃的甜味……

经受了严寒再感受温暖是一件无比幸福的事，我们三个端坐在灼烧火热的火炉旁，一声不吭。回想着狂风中飘散的雪花，渐渐地闭合上了劳累过度的双眼，不一会儿，就进入了各自的梦乡，以缓解这次长途旅行的疲倦感……

弗拉芒牧羊犬又恢复了它驯服的狼的自尊，浑身冒着雾气，表情严肃而又显得那么有礼貌。它提高警惕，竖起一只耳朵凝神听着窗外落下的雪花声，用它嗅觉极强的鼻子试探性地颤动着；古铜色泽的眼睛，盯着火光左右摇摆不停，就像人类在认真阅读着某本书籍……我的心里有十万个为什么，以至于眼睛就没有从这只雌狗身上离开过。对于我这种待客之道，它却没有一点反应，也不怎么友好，但对于我发出的命令它却都能领会。它耐心地等待着我的指令和训斥，但可以看得出，它也是那么有主见，有自己的想法，有的时候我也无法猜透它的思想……它一点也不诚实，而且还偷东西——一旦因为某件事而生气时，又会像一个受过惊吓的少女。它的个头不高，来自瓦隆乡野，它有一种贵族的高傲脾气，又经常会有郁郁寡欢地疾恨。我确定，这种性格绝对不是从它的家乡带来的，但又不知从何而来。这时，我仍然坐在炉边享受着温暖，它在我心目中也占据着关键的位置，我很欣赏它：它知道在什么时候应该保护我，也许是因为喜欢我吧……那只顽皮的小狗睡得那么甜，睡得又那么放心，它的脸和爪子都热乎乎的。那只灰色的母猫好像早就知道了要下雪似的，午餐后就没有看到它的鼻尖，原来是埋在了它腹部的绒毛中间。把我熟知的动物都看完了，我再一次对着炉火，回到了寂寞中，自己对着自己。

　　一年过去了，新的一年又开始了……是的，我觉得总是这样计算着时间并没有什么意义。巴黎的新年着实无趣得很，在这里，我找不到童年时大年初一的感觉；谁又能告诉我，我应该如何去找回我儿时的快乐呢？人，随着年龄的增长会发生一定的变化,我也不例外。我改变了,岁月也无情地改变了。年代也随之而波动起伏,漫漫长路,犹如缎带,向远处伸展开来。正月过去了,春意盎然,随之而飘向夏日——在辽阔平静的原野上,草木青青形成了一片绿色的海洋,在湛蓝天空的映射下,显得更加浓郁,还有鲜花的点缀;然后又走向了芬芳的、雾蒙蒙的、沼泽香满的秋天,这个季节硕果累累,猎物肥壮;秋天过去,迎来的便是阳光照射、淡红色的冬天了……波动闪烁的彩带飘落下来,让人感到目眩,一直到美好的日子来临才完全折断,显得那么孤单,悬挂在一年之中的末端——新年啦……

一个女孩子,受到父母的溺爱,在如此幸福的家庭中成长起来,一直受乡间的熏陶,整日里在树林中玩耍,或者安静地坐在某个地方阅读书籍,她从来都不知道,甚至也没有想过那些值钱的玩具……女孩期盼每个重要日子的来临,春秋佳节、良辰吉日,因为这些日子到了的时候,她总是会收到挚爱的人送给她的礼物,有时是一朵花,有时是一份传统糕点……每次举行基督教的盛典时,她都会异常激动,同时也会用异教徒的眼光欢庆这场盛典,她对复活节的红蛋、祝圣的黄杨木圣枝、主祝福瞻礼日无叶的玫瑰花与迎圣体的临时祭坛上的花卉——乌头、山梅花、春白菊这些都情有独钟。这些花卉生长在榛树底部,顶部生长有小十字,当进行了耶稣升天节弥散祝福之后,会被种植在田畦边缘,以使其不受冰雹的侵袭……小女孩还热衷于圣枝主日通过烘焙的工序而做成的呈五个角儿的点心、狂欢节时的油煎薄饼,还有玫瑰月教堂里那股特殊的气味……

老本堂神父总是那么谦逊,他给我行"领圣餐礼",再看这个默不作声的小女孩,睁着圆圆的眼睛望着祭坛,期盼着意想不到的事情发生,她在等待……等待着圣母头上的蓝披巾有一丝反应,难道不应该是那样的吗?那个时候的我,是如此的小鸟依人,确确实实的我,总希望有奇迹发生,但是……这与你完全不同。温暖的鲜花令我陶醉,葬礼上,芬芳、凋零的玫瑰花散出迷人的香味儿着实让我痴迷,我亲爱的人儿,你是那么的善良,但你却不会感觉到,我正在天堂,这里到处都是神祇、仙女、长着羊足的牧神、可以与人交流的动物……我开始浮想联翩,想象着人的自豪,同时也聆听他们谈起地狱。他们因为一时的冲动而造就罪孽,于是编造出不可磨灭的地狱……啊!这已经离现在有很长时间了啊!

孤独总是伴随于我,这 12 月里降临的雪,在新的一年即将来临的时候,却没有勾起我儿时的记忆。我的心跟随着市政厅的大鼓一起跳动,在元旦那日的清晨,还是用晨曲唤醒那个昏昏欲睡的村庄吧……我估摸了一下时间,大概是 6 点钟,寒夜的鼓声令我浑身战栗,那时的我是如此的焦急,我的泪水即将要涌出

ACONITUM NAPELLUS

——— 乌头 ———

每次举行基督教的盛典时，她都会异常激动，同时也会用异教徒的眼光欢庆这场盛典，她对复活节的红蛋、祝圣的黄杨木圣枝、主祝福瞻礼日无叶的玫瑰花与迎圣体的临时祭坛上的花卉——乌头、山梅花、春白菊这些都情有独钟。

ACONITUM NAPELLUS

来了，但还在那里坚持着，肚子也跟着挛缩着，面对这童年时的床铺，我要竭尽全力让它从睡梦中苏醒……正因为有这鼓声，千万不要将这声音听成是午夜的 12 记钟声呢。它要告知我们，新的一年就要到来了，这是多么神秘、激动人心的时刻啊！这之后，村子里的老鼓手帅气登场了。他开始敲起鼓，人们都开始欢呼起来。他在这朦胧的拂晓中悄悄走过，他的晨曲听上去是如此的轻柔与感伤，曲子蹿上了墙头。哦！让人无比欣喜的新的生活将要来临了，人们都开始向 12 月迈进……我摒弃一切，跳下了床，飞奔到蜡烛、亲吻、祝愿、糖果与精致的金边书籍那里……为了迎接那位能够送来 100 磅面包的面包师傅，我迫不及待地将门打开，我将每一片面包与零钱分给来这里等待得到面包的人们。他们当中有的是真正的穷人，当然也有些喜欢占便宜的人，但这些物品能够给他们带来快乐就够了，因为我分享给他们这些，并不是想要他们以一种什么样的方式来对我表示感谢……

　　这就是我童年的每个冬天：冬日里冰冷的清晨，午夜里指引道路的灯光，黎明前迎面扑来的寒气，拂晓的晦暗昏暝，仿佛都缩小了许多。堆满积雪的花园，积雪压在松枝上，沉甸甸的，当松枝的臂膀无法承受积雪带给它的压力时，就会任由雪花散落下来——这时候，突然有几只受了惊的麻雀参与到了这个美景当中，在树枝上扑棱着翅膀，嬉戏打闹，泛起了一片晶莹的雪片，比薄雾还要清透，照耀得周围闪闪发亮。我不由自主地为之感慨，儿时记忆中的每一个冬天啊，只一场大雪就全部回来了。我手捧着椭圆形的镜子照着自己，寻找着从前的容貌。我仔细观察着自己，整个面容我都看了，我确定，这就是我现在的容貌，不属于我妇女的容颜，也不属于青年时的容颜，但只在那一瞬间，这个画面就找不到了……

　　我依然还处于梦境中，那个梦让我的心情无比澎湃，心潮涌动，在梦里，我意识到自己已经到了花甲时期，这令我如此诧异……手中握起一支笔，颤颤巍巍地在纸上，我觉得，我可以再一次描绘出一张未经风吹日晒的年轻的脸，蓦然弯曲的眉毛，富有魅力与弹力十足的面颊，狡狯的嘴角完美地搭配上质朴的嘴唇，细长的下巴……哎哟，刹那间，这些又全部消失了，仿佛被清风吹走了一般……思绪再一次回到小圆镜中，由水彩描绘出的那张仿佛在哪里见过的面容，看上去与我如此相像，脸上留下了用指甲划过的微微的划痕，在眼皮、嘴角与执拗的双眉之间……这张脸不是微笑，也不是悲怆，于是我开始自言自语："上了年纪了。不要流泪，千万不要去祈求什么，也不要生气：该老了。你可以反复说这句话，但千万不要为此而感到绝望悲伤，这是离别时必须要有的呼唤。你瞧，再认真一点看看遮住你印堂的发卷，

再看看你的眼皮与嘴唇：很自然的,你已经开始适应了现在的
生活,你要记住,你该老了!

　　"让时间一点点地流失吧,你要随着时间而慢慢离开,不要
让眼泪浸湿你的脸,不要忘记! 你的爱娇,你的快乐,还有你的
健康,保留下来一点点的善心与正义就会让你在苦涩的生活中
找到一丝安慰。不要忘记! 去与温柔和装饰道别,这条路让你
无法抗拒,必须要走下去,因为即使你抗拒也起不到任何的作
用——那么就顺其自然,反正都是要老去的! 如果在途中放弃
了,死亡就会在那里等待。如果你在如波纹的、闪亮的华茵上横
陈,而在身后又没有留下一绺绺头发、一颗颗牙齿,甚至于一件
件残存的肢体,如果永不磨灭的尘埃没有遮挡住你的眼睛——
假如你,直到最后紧要关头,依然紧紧抓住通往充满温暖的友爱
之手,这个时候,你就可以安心地、带着微笑入睡了,这个时候,
就是幸福与快乐的……"

舞女之歌

啊，你竟然称我是舞女，可是直到现在我还不会跳舞呢。你第一次看到我时，我还那么小，总是那么贪玩，你会整天在街上看到我蹦蹦跳跳，追逐着自己的影子。我就如同一只蜜蜂似的，在街上转来转去，脚上还沾满了如同花粉一般的金黄色尘埃，头发也与路面的颜色一样……

路面积水纵横，我蹚着水走在回家的路上，两个侧兜里也装满了水，我左右摇晃着向前走，水也伴随着我有节奏的步伐一起向前，泼洒在我的衣服上，犹如银蛇一般，有时又像短而卷曲的焰火，有时又如同滚圆的泪珠，哎呀，突然间溅到了我的脸颊上，那么冰凉……我只是放慢了脚步，想要稳稳当当地走路，你却说我这样的步伐是在跳舞。你没有观察到我的面容,只是低下头来关注着双膝的动作,我的腰部有节奏地摆动,你在沙子上看到了我留下的足迹、行走时的形状、我伸开脚趾时的印迹,于是,你便将这比作了大大小小的珍珠……

你还记得你是怎样对我说的吗?"来,摘下这些花儿,去追逐这只蝴蝶吧……"因为你把我走路的姿态称为跳舞,我感到无比荣幸,每次当我俯下身子观赏绛红的石竹花时,尤其是一接触花枝时,披在肩上的大围巾便会随之滑落,这时我就会将它往上带一下,大围巾又披上了我的肩……

回到家中,我站在灯盏旁边,高高的火焰下显示出我的背影,你看着我,然后就会说:"为我跳支舞!"但我并没有跳。

我浑身上下没有穿一件衣服,躺在你温暖的怀里,我躺在了你的床上,这时候,你喊我舞女,可以看到我皮肤下面那狂热无比的欲望一直在颤动,从仰着的脖子一直到弯弯的足部。

筋疲力尽了,我又重新扎好我的头发,你的目光没有从我的身上移开过,你凝视着我将头发盘在额头上,而这头发又如同一条谛听笛音的蛇……

当我从你的屋子里离开时,你用温柔的话语轻轻对我说:你的舞姿很美,但让我着迷的并不是你急匆匆赶来的那一刻,也不是因为衣衫上的衣扣无法解开而娇嗔的时光,而是你进入平静的状态、弓着膝头在我离开时一刹那侧过头来的回眸一瞥……你的胴体再次想起了我，犹豫不决，轻轻摇摆，你的身躯对我满怀遗憾，然而你的细腰却依然对我表示感谢……你的脚多次做着尝试，一点一点地进行选择，为我开辟着前方的路，这时的你依然回头凝望着我……"

是你离开我的时候了，如果你不走，那我就选择离开，跳着舞，走向我白色的坟墓。

漫无目的地舞动着，但却逐渐缓慢下来。我向灯光行礼，是它让我变得更加动人，我受到的爱抚它也曾亲眼看到。

悲剧的结尾也就意味着舞会让我与死亡进行抗争，我极力进行搏斗也是因为我可以在死去的那一刻留下一个美好的回忆。

我在上帝面前祈祷，让他能够给我一次和谐陨落的机会，我是那么的虔诚，双手合并，一条腿蜷曲着，另一条则伸得直直的，似乎轻轻一跃就可以冲上黑暗王国的黑色门槛似的……

你称我为舞女，真的，我确实不会跳舞……

不眠之夜

我的家里有这样的一张床，一个人睡在上面时显得非常宽敞，但两个人睡在上面时，稍微显得有点拥挤。这张床看上去非常普通，全白，没有任何装饰；白天铺在上边的床单也不能够掩盖它的质朴。来到家中的客人总会平静地、安静地望着这张床，因为床的中央位置，有一处看上去非常明显凹下去的地方，就像那单身少女经常睡的床铺似的。

殊不知，这张床铺之所以会有明显的凹痕，完全是因为晚上我们两个人睡觉时，会紧紧地贴在一起，这片凹陷的地方在春情荡漾的锦被的重压下还没有一座坟墓宽呢。

啊，我们这朴实无华的床啊！在明亮灯光的照射下，这张床显得无比光洁。黄昏来临的时刻，我们没有在有床的那个屋子里，那盏似朱灰色、又似贝壳色的小灯的灯光穿过镂花帐顶，它在寻觅着那精致的暗影，之后映照出了茜红色的灯光……看不到曙光，更看不到落日的星星，这张床期盼着夜幕的降临，它发出了灼灼火光为那柔软如天鹅绒般的夜指明方向。

香气扑鼻的光晕笼罩在床上，看上去如此芬芳，就像一个幸福女子的遗骸一样。其中还夹杂着其他的香气，只要用心去闻就可以闻得出来，里边有一种我非常熟悉的香味，是我身上散发出来的氤氲的檀香气息，还有你所喜爱的那种金黄色的烟草味儿，你透明的肌肤透出的黄澄澄的芳香；只不过那种乡下野外的青草碾碎之后蒸发上来的气味，谁也说不准是你的还是我的。

啊，终于见到了我的床，今晚我们将要睡在上面，我们陶醉在春日的树林里，或者是花园里。温香一阵阵扑鼻而来，多么清新美好的山谷啊，但我仍希望它再凹陷下去一点，那会更加动人。

我的头枕在你的胸膛里，躺在那里一动不动。我沉沉坠入了黑暗的甜乡深处，直到第二天来临。我喜欢这样的梦乡，任凭梦神怎样呼唤，我都不愿意醒来。我将要睡了……这种感觉来自于我的脚底板，因为有一种发麻灼痛之感，为了解决这种痛苦，我急需找一个清凉之地。你这个时候一动未动，我可以感受到你均匀地呼吸。哦，我似乎感觉到了你的肩膀还未进入梦乡，它一直在我的面颊下收缩……让我们睡吧……现在正是 5 月，夜晚的时间如此短暂，湛蓝的暮色被这夜晚所笼罩，但我的眼前还是一片明亮。茜红的火焰，来来回回摇摆不定的影子，我闭上双眼，静静地思索着我所经历的那些日子，如此美好，就像人们透过百叶窗静静地观察着夏日里的花园一般……

我的心"扑通扑通"地跳动着，我听到了你的心也一直在跳动着。难道你还没有入睡吗？我稍微抬起了头，正好看到你那张苍白的脸向后仰着，你的短发那黄褐色的影子，那清凉的如同橙子一样的双膝……我多么希望你扭过你的身子，面向我，让我们相互感受彼此双膝的那份清凉……

啊！确实到了入睡的时间了！曾有很多次，如同很多蚂蚁在我的皮肤与血液里奔驰着。我的耳朵一直打着哆嗦，小腿的肌肉也在不停地跳动着，这个晚上，在这张温馨的床上，是否铺满了松针？我们睡吧！我要睡了！

此时，我的内心感到无比快乐，以至于我无法入眠，你仍然静静地在那里，一动不动，我知道你与我一样，被疲倦所困扰……你没动。你想要让我进入睡梦中。你仍然习惯性地、像平时一样将手臂紧紧搂着我的胴体，用你迷人的双脚缠住我的脚……眼见将要进入梦乡，但却一直不能入睡……我看见了它！

像一只厚天绒似的蝴蝶一样,我追逐着它……我是否还记得?这一天的阳光明媚,浮动的青春令人心潮澎湃!……巴黎的天空呈淡紫色,细雨蒙蒙,微风送来了阵阵酸雨的味道,而又急匆匆地向光影中扔下了一片流云,椴树的嫩叶在它的吹拂下也改变了原来的颜色,栗树上微棕红色的花枝与泡桐花缓缓飘落在我的头发上……像野兔耳朵似的满是绒毛的洋苏草,你碰掉的黑茶藨子的幼芽,刚刚生长出来的嫩嫩的棕色薄荷,草地里圆圆的野酸模,它们生长旺盛,都充沛地溢出辛辣的浆液,我将这些浆液涂抹在我的嘴唇上,似乎有种酒精或柠檬香烧酒的气味……

我欢心地笑了,喊叫着,奔跑着,茂盛的野草在我的脚下流出了许多的浆汁,弄到我的连衣裙上……你静静地在那里,欢喜与我的狂热和欢乐融在一起。当我伸手想要摘那些蔷薇花时,你也可以看到那长满花的粉红色的花枝多么令人陶醉……我还没有够到呢,你却提前折断花枝,将那短短的、珊瑚色的花刺一个接着一个地认真地拔下来……你确认花刺全部去掉了之后才将花枝递给我……

你去掉了花枝上的花刺将它送给我……就是为了我可以带着喘息声在这里休息,你为我提供了乘凉的好地方,让我坐在这满是波斯紫丁香的花丛下……你还为我采摘了宽大的椭圆形叶片的矢车菊,美丽的花中那毛茸茸的花心香气传到杏仁上了……我带着饥饿享受着下午茶的时间,这时候,你笑了,你将一小杯奶油递给了我……还有我觉得味道不错的金黄色的面包,我还看见你赶走了朝这里飞来的胡蜂。你抬起了你的手,举过我的头顶,在阳光的照射下显得那么透明,终于在我的头发卷上抓住了它……天色渐晚,云霞布满整个天空,悠闲地移动着,这个时候,我不禁会瑟瑟发抖,在人群里我感到无比的快乐,汗流浃背,春天的美景让我沉迷,我感到无比幸福,我也觉得那么的温暖,原来是你将一件轻便的风衣披在我的肩上……便对我说:"回家了……哦! 等等……我们一起走!"

哦! 如果这个时候想到你,那我将无法入睡。刚刚时钟指向几点呢? 看看吧,窗棂上出现了蓝色。我的血液开始沸腾了,我听到了它流动的声音,哦,不,也许是那边园子里潺潺的流水声……你睡了吗? 没有。倘若我将我的面颊靠近你的面颊,就会感受着你微微颤动的睫毛像一只被逮住的飞虫翅膀。我感觉到了,你没有入睡,你也在偷偷感受着我的狂热。你对我如此精心的呵护,让我的梦那么的香甜;你深深地思念着我,就像我思念着你一样,我们彼此都存有那种奇异的羞怯感情,但都没有表现出来,我们都假装入睡了。我缓缓放松自己,懒散地将脖子压在你强壮的肩膀上——我们彼此思念对方,借着这蓝色的黎明爱着对方……

　　你看到窗帷间那亮晶晶的光束了吗？一会儿它将会变得更加鲜艳，直到染成玫瑰红的颜色……还有几分钟的时间，在你迷人的额头上，在你忧郁的嘴上，在你已经闭合的眼皮和你纤秀的下巴颏儿上，我就会看到你有几分睡意了……我的倦慵失眠已经无力阻挡了，我无法控制自己，将双臂伸向这狂热的床，我的腿脚已经做好了乱蹬一通的充分准备……

　　现在我要假装我刚刚睁开苏醒的眼睛，我想要感受你胸膛的温暖，我娇羞地在你面前撒起了娇，我感到无比的失望，觉得夜晚的时间如此短暂。天也渐渐亮了起来，街上已经人来人往了……我知道你也舍不得我，紧紧将我揽入怀中，我知道，如果你的双臂这个时候轻轻摇晃，那么，我将难以再平静下去，你因为留恋而久久亲吻着我，双手也爱抚着我。我们欢情交融，你会帮我将我心中的烦躁、狂热、郁怒与不安全部驱走，就像符咒那样灵验……你将快感带给我，附在我身上，眼神如此的焦虑与慈祥，你也燃起了你女友的那份澎湃的热情，寻觅着你还未出世的孩子……

灰色的日子

就让我一个人待在这里吧。我觉得非常难受,是生病了,心情抑郁。把那条花格子的毛毯盖在我的腿上,我会觉得舒服一些。哦!那杯茶要离开我的视线,我实在不愿意闻到那股散发着椴树、湿草与枯紫罗兰的气味……我想把头转过去,让大脑好好休息一下,什么也不想,也不想看到海,不想看到海面上泛起的万丈波涛,不想看到狂风奔跑在沙上。一瞬间,风呼呼响起,它耐心而抑制地蜷缩在沙丘后面,隐藏在地平线较远的地方……随后,风继续怒吼着,就像一个巨人一样摇撼着遮窗板,如流苏般纤细,在门下涌起了永恒的惊涛飞沫。

哎呀!好痛啊!这都是风的杰作,在我的身上已没有什么可以隐瞒它的了,毫无保留地全部让它知道了。我尽力用双手捂着我的耳朵,以避免风穿透我的耳膜进入我的脑海,而将脑海变得凉飕飕的……我毫无反抗之力,轻而易举地被它卷起,任凭我如何进行反抗,都无济于事——它从我手中逸去,如同一件被脱下来的外套,又像一只被束缚了爪子的海鸥,拍打着翅膀,永不放弃地挣扎着……

我就想这样呆着,你不要管我,你迈着笨拙的步伐走过来,把双手按在我的额头上。我厌恶了所有的事物,最讨厌的就是这片大海!你喜欢海,那么,你就去观看!看那海拍打着堤岸,激起波浪,有浑黄色的泡沫喷出来。蓝色的大海闪闪发亮。从里边飘散出一阵阵难闻的气味,那是海里边饱含的碘与腐烂的物质散发的腥味相混合的味道。我想象着在这个浅灰色的巨浪下面,隐藏着一群皮肤光滑的、令人厌恶的、扁平而冰冷的无足动物……我想你也一定感受到了:风推动着波浪,将那些腐烂了的贝壳的气息送到了这个屋子里……啊!你应该是回来的时候了,对于我而言,你几乎就是一切!请不要将我一个人扔在这里!闻到这样难闻而混杂的味道,我的鼻孔如同闻到了打翻的五味瓶一样,恶心至极,所以,这个时候,我需要你熏香、干燥而又温暖精致的手放在我的身边……我呼唤你的归来!我希望你陪伴在我左右,你可以号令大海远离这里,给风发个信号,让它安

MATTHIOLA SINUATA

———— 紫罗兰 ————

那杯茶要离开我的视线，我实在不愿意闻到那股散发着椴树、湿草与枯紫罗兰的气味……我想把头转过去，让大脑好好休息一下，什么也不想，也不想看到海，不想看到海面上泛起的万丈波涛，不想看到狂风奔跑在沙上。

MATTHIOLA SINUATA

静地躺在沙滩上,与鲜贝们玩耍嬉戏……发个信号,让风安静地待在柔软的沙丘上,只需要呵一口气,改变沙丘活动的形状活跃一下气氛,……

啊!你不答应吗?怎么摇头了呢?……你不可以——你觉得你没有能力做到吗?好吧,那你可以走开了,将我一个人扔在这个无依无靠的风暴里吧!嗯,对,暴风雨会无情地捶打着墙垣,一直到它进入里面,让它把我带走吧!离开这个房间,我不想再听到你空洞的脚步声了,不,不,别再抚慰我了!你沉重的凝视,你的嘴与你神奇的双手,在过去,轻轻松松就可以开启别人的记忆,现在是怎么了呢?像失去了魔力一般,怎么看不到你的力量了呢?我感到非常惋惜,惋惜的是有个人在一切开始之前,在你之前,在我成为一个女人之前而占有了我。

我离开了那个地方,但那个地方仍然是属于我的。你没有能力去抵抗自然,因为你无法阻止在这一刻森林中树冠散发出的香气,无法阻止它在充沛阳光的沐浴下茁壮成长。你也不能够阻止这一时刻茂密的草将树根层层包围,地面上一片碧绿,美妙而又让人觉得宁静,这正是我灵魂所期盼的……来吧,这个时候你完全没有理解,来吧,我会轻声细语地对你说:我挚爱家乡的树木所散发出的芳香,与草莓、与玫瑰是可以媲美的啊!每次那里的荆棘矮林到了开花的时候,肯定会有一种果实不知道在哪个地方就已经成熟了——在哪个地方，在这儿，哦！离着不远的地方一定也有——只要提高你的嗅觉能力，深深吸一口气，果子的香味就会进入你的鼻孔，但你却够不到它。当秋天将飘落在地面上的黄叶扫尽时，会有一颗熟透了的苹果恰巧坠落到地上，你会追随着苹果散发出的芳香寻觅它，在这儿，在那里，一定就在这周围……相信我，如果你是在这儿度过的 6 月，在刚刚收割过的草地之间，在我家乡的沙丘上堆着的圆圆的草垛旁，你会看到月光洒在上边，让你心花怒放，此时，你发自内心地觉得它无比的芬芳。你会有一种足以遮盖住欲望的自豪感，你会低头，闭眼，满怀那无声的叹息……

如果你待在我家乡的季节正好是夏天，在我非常熟悉的、虽然没有花卉但苍翠欲滴的园子深处，你眺望远方，便可以看到那圆圆的青色山峦，山上的蝴蝶、蓟草与石子也沾染上了那里的土灰，颜色为淡淡的紫色，你忘我地坐在那里，一动不动，也许会直到生命终结。

我们家乡还有一处景致，那就是形状如同摇篮一般的狭窄山谷。黄昏临近，一片白茫茫的雾气流泻在涧谷间，跃动，浮游，仿佛一个雅致的浓雾的幽灵用优美的姿势卧在潮湿的气体上……

雾气用它那缓慢的动作不停地扩散，又聚拢，渐次化作云霞,像慵懒的蛇、睡梦中的女人、颈若怪兽的奔马⋯⋯如果你久久贮留在此,集中注意力凝视涧谷的雾气,其中的凉气就像灌入了灵气一般。深吸一口,一种寒气让你颤动,整夜都会有梦的陪伴⋯⋯

侧耳倾听我的述说,这时候,你需要伸出你的手放在我的手里。如果你在我的家乡,那么你一定要沿着我经常走的那条黄土小路行走,你就会看到小路两边到处都盛开着粉红色的毛地黄花,看到如此盛景,就会有种走上仙径的感觉⋯⋯大胡蜂柔媚的歌声回荡在你耳畔,歌声犹如你心中的血脉正在搏动一样,将你引入一个不一样的地方,森林或森林的顶端⋯⋯一座古老的林薮出现在这儿,事实上,它早已被世人遗弃,如同天堂一般,你听,原来⋯⋯

你的眼睛为什么会睁得那么大,脸色又如此的苍白!我究竟对你说了什么呢!真的,我也不再明白⋯⋯刚刚为了将那风与大海忘记,我竟然对你提到了我的家乡来转移注意力⋯⋯你的脸色是那样的难看,眼中却充满了仰慕之情⋯⋯是你让我想到了你,你感觉我离你是那么的遥远⋯⋯我要重新勾起我的回忆,再一次回忆起我的家乡、那个将我养育成人的地方⋯⋯

我在这里,我依然是属于你的。希望不要再想起风与大海了。我在睡梦中曾提到过⋯⋯我仍然在纠结着,我对你说了什么？请不要相信那是真的！哦！我一定是给你讲述了那让人沉醉的仙境，那里的空气迷人让人陶醉……千万不要相信那些！也不要有想去那里的冲动：你想要寻觅，其实那是不现实的。因为到了那个地方，你可能会看到一片森林掩映、辽阔悲怆的原野，青色的山峦上一无所有，光秃秃的一片，就连一只山羊都看不见……

把那条让人烦闷的格子花呢毛毯丢掉吧。你看！那片已经发绿的大海……为了我们能够奔向灰色日子的金黄末梢，最好的方法是打开窗子与门。我正在沙滩上，这时候，我可以摘取波涛冲来的你家乡的花枝——上边有粉红珍珠的花瓣，相信它永远都不会凋零，啊，贝壳……

岁末炉火

　　岁末的炉火让你在炉膛里点燃起来了。啊！炉火，再加上阳光的陪伴，它们共同映红了你的脸庞。你只要轻轻挥手，一团炽热的火苗就喷射了出来，同时还有烟的陪伴。冬日里的炉火变得如此陌生，我已不记得它的模样；热量来源于干柴与树桩的燃烧，那真是旺盛的火。窗户是开着的，一颗光度强烈的星星一早便从窗户闪进来，它反客为主，很自然地打算在我们的房间常住下去……

　　你瞧太阳对我们的花园总是情有独钟，它不会对别的花园施舍它的爱，你可以睁大你的眼睛认真瞧一瞧！今年这儿的园地与去年的完全不同，但仍然充满活力，仍在颤动，已经开始行动了,看到它开始着手改变我们温馨的退隐生活背景了……园子里,一个个新的生命萌芽了;丁香树丛里,一簇簇尖尖的叶片生长出来;梨树丛中,一根根枝条都慢慢延伸……

令我惊讶的是那紫丁香,生长的速度非常快。去年见到它时还可以吻到那花枝,现在鼻子想要直接接触它去嗅它的味道却不可能了。5月即将到来,你需要踮起脚尖,将双手抬得高高的,才刚好够到它的枝头,通过双手的牵引才能让它们接触到自己的唇边……你可以观望一下,在那条小径的沙土上,可以看到柽柳柔弱的秀骨勾勒出自己的倩影;再过一年看它时,你肯定认不出来了……

昨天晚上,我突然间看到紫罗兰在草丛中开放了,出乎我的意料,看到它们,你能认得出来吗?当你弯下身子,也会像我一样出乎意料,不知你发现了吗?今年春天,它们更蓝了。哦,不是的,你错了,去年我还看到一种颜色较浅、带点天蓝的淡紫色,还有记忆吗?……看来你否定了这种看法,你竟然用平日里那种庄严的微笑摇头否定,你眼里的金黄光泽被新草的翠色冲淡了……更加淡紫了……不,应该是更加蓝了……不要开玩笑啊!用你的鼻子凑近永久都不会改变味道的紫罗兰,嗅一嗅当中散发出的香味吧。你瞧,在年代悠久的逗人的春药里呼吸着,你就会同我一样,回忆起你童年时期的青春岁月,一幕幕画面在脑海中涌现，渐渐清晰……

更加淡紫……不，是更蓝……在我眼前浮现出了一片草地，浓密的树林似乎被那忽隐忽现的淡淡的绿意包围着——干涸的泉水与几处刚刚解冻的溪流，一流出来就立刻浸入了沙土里。中心是橘黄色的柔黄水仙、复活节的报春花，看，好多的紫罗兰，这么多的紫罗兰啊……我又看见一个不爱与人交流的女孩儿，春天给了她幸福，让她狂野，让她体会到一种难以捉摸的烦闷与欣喜，让她沉浸在其中，难以自拔……白天，她被学校束缚着，她用红棉绳捆束初春的紫罗兰，而那红棉绳又是用自己的画片和玩具与附近农庄的小牧羊女交换来的。在她捆束的紫罗兰的花束中有白紫罗兰、蓝紫罗兰和短茎紫罗兰，还有带着淡紫珍珠色条纹的白蓝相间的紫罗兰——叶片宽阔而柔软的迎春紫罗兰，那淡白没有任何味道的花冠立在高高的长梗上……2月里盛开的紫罗兰，傲立于雪中，不畏严寒，花朵盛开之时为棕红色，如同穷人家里的女孩似的……啊，我儿时的紫罗兰啊！我亲眼看到你们长大、长高，4月里乳白色的天空让你装上了栅栏，看到你们娇小的面容，顿时会有一种走进旷野的感觉……

你仰着头，在思索着什么呢？你用祥和的目光望着太阳，做出什么都不在乎的表情……哦，原来是在观察一只蜜蜂的飞翔，它也许是追踪着桃花的甜味追得连路也找不到了吧……截住它飞行的路吧！要不然会让栗树滑溜溜的嫩芽勾住的！哦，它消失了！消失在了蔚蓝的天空中，消失在了奶白色的长春花丛中。天空雾气蒙蒙，但很纯净，让你眼花缭乱……啊，你也许被这湛蓝色的碎片所吸引，被狭小的花园的墙围困在其中，我们也只能看到这一角的天空，沉思着在大千世界的某一处，有个让人羡慕的境地，那里的人们应有尽有，享受着整个苍穹！沉思中，你凝想着一个无法进入的王国，凝想天际，想起了与大地毗连的宇宙……春天刚刚来临，我想，越过这蜿蜒起伏的墙头，穿过这让人惆怅的界线，一定会到达我童年时认为是天涯的地方……那里会变成粉红色，之后再变成蓝色，沉浸在这景色海洋里，我觉得我现在比品尝到了果子汁液还要温馨。此时此刻，美丽的眼睛看起来多么令人怜惜，请不要抱怨，我清晰地记得我所希望获得的东西啊！我要求创造出它所缺少的，我知道这样的自己会很过分，但是却很知足。我因你闲适的没有花的双手而微笑……时间太早了，太早了，我们的桃花，还有蜜蜂，我的心太急了，都过早地寻觅着春天啦……

鸢尾花呈小圆筒的形状在三重淡绿丝绢下沉睡着，牡丹将它珊瑚似的硬而直的枝干扎到泥土里，蔷薇依然还是将它淡红色的根蘖露在地面上，看上去像地龙的颜色……采摘一枝棕色的桂竹香啊，它每次都在郁金香开放之前提前绽放，色彩鲜艳，

IRIS GERMANICA

——— 德国鸢尾 ———

鸢尾花呈小圆筒的形状在三重淡绿丝绢下沉睡着，牡丹将它珊瑚似的硬而直的枝干扎到泥土里，蔷薇依然还是将它淡红色的根蘖露在地面上，看上去像地龙的颜色……

IRIS GERMANICA

粗犷，看它披着的那件灯芯绒衣服是那么的结实，就像个泥瓦工……不要再寻觅铃兰了；它在两个叶片之间延伸着，就像长长的贻贝，它从淡绿色的圆珠里散发出香气，多么有王者的风范啊……

太阳行走在沙土上……一阵冷风好似冰雹一般，从淡紫色的东方吹起。那么多的桃花都横空掠过……我感觉到一阵阵寒意侵来！刚刚还懒洋洋地躺在暖和的墙沿上的雌暹罗猫，眨眼间从乌黑的天鹅绒缎面里睁开它那蓝色的眼睛……体型长长地趴在那里，独自紧贴地面，向屋子的方向匍匐前进，耳朵也耷拉在颈项上，显得冷瑟瑟的……来吧！那紧紧追逼着落日的镶铜边呈紫色的云霞让我觉得害怕。你刚刚点燃炉火，就像一头小动物被关在屋子里一样，当看到我们回到家里时，你是那么的高兴、激动……

啊！这是岁末的炉火！岁末，这火势那么的动人！哦，粉红的牡丹花，鲜艳美丽，那持续怒放的繁华开满整个炉膛。我们俯下身子朝向炉膛，双手伸向它燃着的灼灼火焰吧……在我们的花园里观赏时，你不易找出比它更美的一朵了，也没有一棵树比它更错落，没有一根藤比它更扶疏，没有一丛草比它更丰润，它是如此强悍！留在这里，对于这位拥有魔力的神祇，我们一定要珍惜，它会让你哀愁的眼睛充满欢声笑语……就在刚才，当我脱下我的衣裳,看到我粉红色的全身时仿佛看到了一尊色彩斑斓的雕像。我一动不动地立在你的面前,我的肌肤在闪烁的光线下显得如此光辉,颤动着,摇曳着,就像一位鼓起翅膀的爱神似的,带着慵懒的姿态而又温馨地休息。我将头枕在你温暖的胸脯上,定定地听着风声、火焰与你心脏跳动的声音,此时,外面一片漆黑,但仍可以看到一枝淡红色的桃树枝条,叶片呈半脱状态,像狂风中受了惊吓的小鸟一般不断地敲打着玻璃窗。

宠物

红喉雀儿胜利了。之后，他就隐匿在那片最茂密的栗树丛里，嚎叫着，似乎在为自己的胜利而奏凯歌。他在母猫面前也显得那么勇敢。他在比猫咪高的空中悬停，在那里颤动着，如同蜜蜂一般。他的神情看上去那么高傲，身形也那么威武，高声说着我们都无法懂得其中含义的话语："这个疯子！哆嗦啊！我就是红喉雀儿！对，就是红喉雀儿！你再敢往一步，敢动我窝里正在孵蛋的伴侣一下，我就啄瞎你的眼睛！试试看！"

我视线始终都没有离开过，我想要管这件事。那母猫看起来很识抬举，她知道这只红喉雀儿不好惹，因为母猫一旦受到了这只鸟的教训，就会颜面尽失，成为宠物界的一个笑话——这猫懂得确实不少……她拍打尾巴的动作,像极了狮子,抖抖脊背,可以看得出,她妥协了,她不愿意与这只狂热的小鸟计较,于是我们两个继续漫步在这傍晚的路上,慢慢地、心情愉悦地散着步。母猫只要发现情况就会乘胜追击,这也让我获得了更多未知的东西。只不过,也许发出一点响声的地方什么也没有,因为有的时候,她只是空扑,她只要听到轻微的响动,就会突然从那个地方跳跃过去。哎,这下该我上场了,我尝试着做出一些小动作,戏弄一下她。

身边经常饲养猫的人,自己是不会觉得孤独的。这也许是半个世纪以来我经常会寻求与她相依为命的缘故吧!我并未去远处找过这只猫,只要是我去过的地方都能看到她的踪影。她是农庄被人捕捉的猫,因长期睡不着而瘦削、浑身充满墨香味儿的图书馆的猫,奶品店与肉铺的猫,身体胖乎乎但冻僵得像石板地上的树木一样、平民家中得了哮喘病的猫,这只慵懒的胖嘟嘟的猫。这只飞扬跋扈而幸福的猫将克洛德·法莱尔、保尔·莫朗忙坏了——同时,也把我忙坏了……所有的这些猫,如果你在无意间看到了他们,你就会感到无比的幸福。在一百只猫当中,总有一天有一只流浪猫带着饥饿整日喵喵地在我面前叫个不停,人们是那么的厌烦她。天一黑,她就会忽然间从奥特伊地铁口窜出来。她仔细地观察着每一个人,寻找着我,终于找到了我:"啊,终于找你了！……来得这么晚，我都累得不行了……你家在哪呢？走，我跟着你……"紧跟在我后面，她是如此的信任我，我的心也扑通扑通地跳个不停。来到我家时，她显得有些畏惧，因为家里还有让她觉得陌生的人，经过长期的相处，她也慢慢习惯了。就这样，她在我家经历了四个春夏秋冬，她的生命还是在一次事故中终结的呢。

我不会忘记那条热情洋溢的小狗，受了一些创伤，没有包扎，我不能没有你，你也离不开我……你让我感觉到我的存在，我的重要性。生存在这个世上，我不会因为谁而做出改变。这是多么奇妙、多么鼓舞人心啊！——似乎轻而易举。哦，将那只长着用眼神可以表达自己感情的动物隐藏好，一直藏到它度过了发情的季节，直到痛苦的锁链将雌的紧紧地拴在雄的上面再出来吧……快点，记得拿上一顶沙滩遮阳伞、一扇屏风、一把锹。好吧，过一个星期再回来也可以，那个时候，"他"与"她"就陌生了；"人的朋友"几乎不可能与狗的朋友相处融洽。

我明白他十分依恋于我，在依恋中情绪也会高涨起来，我明白这些要比我对狗的爱情生活了解得更多。因为在我所关注的十个品种里，我最重视的是被剥夺了做母亲机会的这一种。有的时候布拉邦特狗和塌鼻子、阔脑袋的法国獒犬，经常会在产幼犬的时候死亡。所以，她们会出现本能反应，自然而然地拒绝着每半年一次的春情期,雄犬则可怜了,我的两只雌獒犬看见了他就会撕咬,她们之后在不发情阶段才会将异性当作自己的玩伴。雌卷毛狗感官相当灵敏,不喜欢与异性谈恋爱,她会假装将一头红色小橡皮狗当作自己的孩子,从而让自己的生活丰富起来,解除寂寞……我的一生中,养过许许多多的狗,但是只养过一只猫。对于猫,我隐隐有一种负疚感,我觉得……那种负疚感来自于对一种粗暴声音的厌恶,我必须长时间保持着沉默。

这只雌猫的脖子上长着红毛,所以她的名字与这个有极大的关系。对于这只红脖子的猫咪,赞美的时候我会有所保留,我感觉自己的心情并不是那么的舒畅。只因为她可以带给我灵感,所以,我感觉我也离不开她,并依恋于她。不知不觉中,我也将她从猫的世界里拉了出来。只不过进入恋爱的季节时,她又会回到那个世界里,成天游荡在外面的那只巴黎老雄猫看上去是那么的漂亮,供应木屑餐盘、美食、软垫和整整一张发货单。他是如此迷恋这只雌猫,甚至让他发疯。还有那只在田野上、在篱笆洞里穿来穿去的半截耳朵的野猫,也是这副德行,这个家伙行动敏捷、脾气暴躁而又目空一切。命运将这位冷艳型女性与这些并不认识的汉子连结在了一块。你听,他们在外边号叫着,英雄之间的搏斗声、情意绵绵声回荡在我的耳中。突然间我听到一声声凄厉的啸声,好像是大公鸡在报晓啼叫似的。其中还夹杂着我家雌猫的声音，她低下头轻吼着，想要将局面缓和下来，用她的声音压住了那些暂时的胜利者……

来到了旷野，她立马会找回原来所拥有的那副娇态，开始变得快活而柔媚，完全忘记了原来钟情于她的雄猫，不加思索地恢复了旧日的清醒意识。她没有特殊之处，看上去是一只普普通通的猫。但看这个活泼、热情、诗意盎然的灵魂传递给我的爱仍然不变，还是那么的执着，我感到无比幸福。

她肆无忌惮地在法兰西狭小的花园的院墙中间嬉闹着，偶尔，她也不会接受别的猫咪对她的爱慕之情。她是那么的聪明，她可以巧妙地让她的胴体轻而易举地摆脱那种惯常的狂热。她的同类热情澎湃，她看起来却那么冷漠，在空荡荡的鸟巢下面整整号叫了三个星期。她哀婉的声音与大灰山雀的鸣噪声交织在一起。她满怀着爱情，没有继续号叫下去，因为历经百战的、身上带有花条子的胜利者来了，他露出了大而长的牙齿。他看上去是那么的老练，有丰富的经验，用最快的速度做出了决定，每一个对手都臣服于他。那头看起来傻傻的、身上带有条纹的年轻花猫尾随在他的后边，信心十足，低额头，宽鼻子，好壮美啊！一头农庄猫又出现在了院墙的瓦脊上，头是白色的，带有两块灰斑点，头看起来脏兮兮的，又似乎刚刚才从睡梦中醒来，疑心重重的样子："我正在梦游吗？好像是有谁急着要看见我呀……"

他们三个都要参加这场竞赛。他们在这里确实没有什么好果子吃。雌猫先用她那毫不留情的手敲打着他们,不知打了多少耳光了,她的手猛击着他们浓密的短发与皮肤。似乎打累了,她浑身的毛发都卷了起来,旋转着打了个滚,开始镇静地坐在三只雄猫中间,似乎已经忘记了刚刚发生的事,忘记了这三只雄猫。过了一会儿,她便从这高傲的梦幻中清醒了过来,爬上了一根柱头已经朽烂的柱子上来休息,瞧她那不屑的样子,对追求者不理不睬,那么的高傲。她屈尊,带着稚气凝视着那三只百依百顺的雄猫,可以看出她快要不耐烦了,强迫自己接受其中一只雄猫来吻她那迷人的蓝色嘴唇。那只雄猫忘我地亲吻着她。这时,她突然发出一声尖叫声——她的号叫听上去是那么的专横、凄厉——长吻结束了。那三只雄猫听到之后,不由自主地向后退缩着。雌猫却又开始打扮起了自己。三只雄猫失落了,因为雌猫没有选择他们其中的任何一个,他们悲叹,但仍然等着奇迹的发生。他们还一直围绕在她的周围,雌猫看上去依然是那么的冷漠,像失去了听觉一样,做出想要打架的姿势,以此来消耗这无聊的夜。

最终,她拒绝了一切虚伪的情谊与嬉戏,而变得热情洋溢了,伸了伸自己的大懒腰,轻轻举起自己的纤纤玉趾,又融入了集体当中。

最后到底如何,我没有再继续看。猫咪之间的恩爱没有损失,也不需要承担风险,那为什么还要经受不必要的考验呢?

我把这只雌猫丢给了那群恶魔同伴,回家等待着她,我就希望我在慢慢地、费劲地工作的时候能偶有她的陪伴——嗯,对,就是这张桌子,她的身材那么的曼妙,我的好友,她就躺在这张桌子上,那么勤勉,不去刻意地发出一些噪音,只是本能地传出猫所拥有的那种沉闷的呜呜絮语,休息的时候一直守候在这里,一直在我灯下。

梦

　　我做了个梦。深青色的烟云被乌黑的背景所笼罩，一些呈三角形或圆环状的几何形状的饰物从眼前飘过去，似乎是少了一部分呢，又仿佛袅袅的火焰上升着。无茎无叶的花浮动着。哦！这所花园还没有装修完毕：在梦境中，一切都有缺失，总感觉缺少了什么似的，到处弥漫着那种等待、央求与疑惑的氛围。

　　空荡寂寥——静谧，随后，听到了一阵凄凉而又哽咽的犬吠声。

　　我（突然惊了一下）：哪里的叫声？

　　雌犬：是我。

我：你是哪一个？一只狗？

她：哦，不，我是你的狗。

我：哦，知道了，但我不知道你是哪个？

她（非常郁闷地呻吟）：还有哪一只呢？以前我不是这样的幽灵，那个时候你称我是"狗"。我就是那只已经没有了生命的狗。

我：嗯，是……只不过……究竟是哪一只失去生命的狗呢？不好意思……

她：好吧，我可以理解你，你想一想，你不是一直都想我吗？

我（草率地）：啊！想起来了！你一定是纳尔，我记得那个时候你只要看到我要外出，我打出一个个表示离别的手势，你就会拼命地颤抖，你为了能够表示自己的虔诚，躺在大箱子那幅干净的白单子上，就是为了让自己全身的皮毛都变成白色，这样的话，我就看不出你了，把你也带上……啊！纳尔！关于你睡觉那个地方我们需要一整夜的时间来回忆了……

一阵沉默。黑地上有缓慢的昏暗的深蓝色的云雾流过。

她（用微弱的声音）：抱歉，我不是纳尔。

我（非常惭愧）：哦！我刚刚的话让你伤心了吧？

她：还好。比以前强多了，之前你的一个眼神、一句话就可以刺伤我的心……你啊,也许你还是没有认出我来。我是你独一无二的狗,我要对你说……

我(突然醒悟了):哦!哦!想起来了,我独一无二的狗!我当时就愣住了,我记起来了,以前只要一回家,就会问:"狗哪里去了?"就如同你没有别的名字一样,也如同你不叫萝拉一样……这狗会经常与我一道去旅行,在她的意识里本就知道在旅馆、车厢或者是破旧不堪的音乐厅化妆室里该做什么,怎样支配自己的行为……你的小嘴转向了门口,哦,是你在等我……你当时看上去是那样的疲劳不堪……来,给我,你的小嘴,给我!我要抚摸一下它,根据你身上毛的颜色,我在众多的狗中认出了你……(很长的一段时间里保持了沉默,几多无茎无叶的花在那里萎靡不振。)你去哪里了?留下来!萝拉!……

她(带着微弱莫辨的声音):唉!……我不是萝拉!

我(也带着弱弱的声音):你哭了吗?

她(同样低声):哦,不,在这暗无天日的地方,我一直都等待着你,我的眼泪流干了,你明白的,这样的泪水与人类伤心时的哭泣是一样的,也曾闪动在我金色的眼睛上面……

我(打断了她的话):等下!金色的?是深沉的金色,闪烁着波光……

她(温柔地):不,不要再说下去了,你还会再给我一个我从

248

来都未曾听过的名字。或许在不远处躺着的狗的幽灵们会嫉妒得直颤抖，站起来轻声细语地叩打门窗，这门，今晚是闭着的。你自始至终都不会明白为什么人们是那么的怀念我，请不要再用你睡梦中的手在蓝幽幽的黑暗里到处摸索了，你不会碰到我的，连我身上的一根毛都不会碰到……

我（不耐烦地）：你身上的毛……颜色是小麦色的吗？

她：不要再说了！我身上连一根毛也没有了。我现在只是线条，一片荧光曲线的痕迹，一阵心跳，一声逐渐消失的叹息，一个死亡还没有使之安息的探求者，一个普通的带着呻吟的狗的遗骸……

我（喊叫着）：哦！留下来吧！我这次真的知道了！你是……

我的喊声将我从睡梦中惊醒了，我看到的是辽旷的蓝色与黑色，花园仍未修建好，黎明仿佛也被我的喊叫声惊醒了，但我没有喊出那只狗的名字，因为那个名字也被我的喊叫声吹散开来，这只雌狗……

诺诺什

太阳从花楸树丛后面落下去,一串串花楸绿果实向着蔷薇丛绕去。白天漫长的炎热氛围慢慢消退,花园慢慢恢复了生气。软绵绵的烟草在昏沉中沉睡,清晨蓝色的乌头变得苍白,昨天绿莹莹的外面罩着银霜的意大利李子,今晚已经呈现出琥珀的颜色。

鸽子的巨大身影在热乎乎的房子墙上盘旋,一扇子打下去,沉睡在篮子里的诺诺什惊醒啦。

诺诺什身上的毛感觉到了有鸟在飞过,她对正在发生的事情一无所知。她睁开眼,一点绿色让她的舌头下面沁出水,模样貌似一个娇美的少女,露出痴痴的样子。她身上葡萄牙雌猫的斑点似乎比往常凌乱：面颊有一块黄黄的圆斑，眼侧则有条黑带，嘴角有三个黑点，雪白的鼻子旁边满是胡须……她双眼低垂，一切回忆又在她满含笑意的脸上呈现出来，她的小猫咪宛若蜗牛一般蜷缩在怀中熟睡。

"宝贝多漂亮！"她想，"胖乎乎的！我的其他孩子都没有他那样漂亮。不过，我也记不起他们了……他暖暖地睡在我的怀里。"

诺诺什伸了一个懒腰，收腹站起来，生怕将孩子弄醒，然后她弓起腰像骆驼一样坐下，打个哈欠，让人看到嘴里都是黑斑的腭上满含纤细条纹。

尽管诺诺什不乏女性的风度，但总有一份孩子气，让人看不出她的年纪。她永恒的青春风采仍然显得年轻，从她纤细的腰肢、举止之间丝毫看不出她曾经生过四胎，已经是 18 个孩子的母亲了。她坐着，腆着肚子，肚皮上的橙黄、黑、白色泽宛似稀有鸟类的羽毛。她短而丰满的尾巴尖闪闪发光，像白鼬翘着尾巴在阳光中戏弄影子。两个略长的耳朵使她弯弯的眼睛惊愕，她的纤细的脚上长有锋利的爪子，但在友好的交往中一直保有温存与柔婉。

诺诺什迷茫，喜欢幻想，内心满怀狂热，好吃，性情温柔专横。她对那些浪荡的家伙坚决拒绝，而只愿意委身于少数特性最显著的同类。可是这些同类并不怎么了解她,总是埋怨她的任性。任性么?她一点也不觉得。只是有些敏感罢了。诺诺什常常高兴得流下眼泪,她会把绳子或毛线团揭底斯里地拽得老长。她经常与同伴一起撕咬、抓挠,并伴随一阵凄厉的叫声结束。但是,这样的危机往往被对方及时的爱抚所克服,巧妙灵巧的手轻轻抚摸着她的颤颤的小乳房,于是暴怒中的诺诺什像兔子一样瘫软下来,浑身颤动着打呼噜,不时发出咳嗽。

"他多漂亮啊!"她凝望着儿子,心里想着:"若是我们母子睡在一块儿,这只篮子太窄啦。都长这么大了,这孩子还在吃奶,真有点好笑。现在他正用尖牙吃奶呢……他已经能在碟子里喝水了,一闻到生肉的味道就发出吼声,他学我用爪子在菜盘里乱抓,焦躁地扑上去,我觉得除了断奶,他再也不需要我了。看,他把我右侧的第三个奶头都弄破了!真可怜!我肚子上的一大片毛,就像被雨打得倒伏的黑麦一般!怎么?当这家伙趴在我肚子上,双眼紧闭像个新出生的婴儿似的吃奶的时候,他的舌头简直变得太大了……他在咬、在吸吮,我真没有力气阻止他!"

诺诺什的儿子睡熟了,浑身的毛布满一条条纹路。他四脚朝天不动,翘起的嘴唇下面可以看到一排牙齿,刚吃完奶,红红的,四颗坚硬的门牙仿佛经过琢磨的燧石。

诺诺什叹了口气,打个哈欠,小心翼翼地跨过儿子,从篮子里出来,脚舒服地踩在温暖的石阶上。天空中一只蜻蜓展翅飞着,发出嚓嚓的声响,薄如蝉翼的翅膀虚晃地掠过诺诺什耳边。诺诺什不禁猛地打颤,她双眉紧锁,眼睛盯着眼前昆虫的绿松石般镶嵌的长身子。

山峰渐渐变成蓝色,洞谷深处白雾气笼罩,流窜、摇晃着像潮水一般铺开。一阵凉风从深不可测的湖水吹起,诺诺什猛嗅一气,鼻头沾满水滴。远处熟悉的声音不停地叫喊,那声音又尖又单调:"回来吧,回来吧,回来吧……奶牛群啊! 回来吧,回来吧,回来吧……"牲畜脖子上的铃铛响着,风传来了平静的牛棚气味,诺诺什想起了挤奶的木桶,她常常舔沾在那些空桶上的泡沫。她突然"喵呜"一声,声音闲散又垂涎欲滴。她感到厌烦,这段时间以来,每个黄昏都给她带来这种郁闷的氛围,令人空虚苍茫。该梳妆打扮一下吗? 我又该怎么样打扮呢?诺诺什双腿在空中做旋舞,模仿闹嚷起哄的怪样子。

傍晚,第一只蝙蝠曲折地飞过天空。它飞得很低,所以诺诺什能看清楚它的眼睛,还看到它类似无花果的腹部,那份火红绒色……人们对这种动物不怎么了解,它的样子让人不屑和感到不快。诺诺什由此联想到刺猬、乌龟等谜一样的东西,这时她忽然感到仿佛有一星唾沫溅到她耳朵上,这是预示着明天要下雨吧。

什么东西突然打断了她的手势,什么东西使她的耳朵朝前伸去,使她绿莹莹的眸子黯淡……

　　在那丛林深处,漆黑的夜色在静静的金黄色葡萄架上降临,透过熟悉的喧闹,她时不时听到一阵阵缓慢、单调、狂野、悠长、潜伏着危机的叫嚣声——公猫的叫唤逐渐逼近了?

　　她倾听,一会儿又寂静无声。她错了?不!那叫声又来了,远远的,沙哑,悲怆,催人泪下,听得出是谁的声音。诺诺什伸着脖子,宛若一尊雕像,有几根龇须随着鼻梁起伏,微微颤动。这个善于诱惑的家伙从哪儿来的?他在要挟,还许诺什么?你瞧他,不停呼叫,变换着抑扬顿挫的调子,假装温柔,又威胁,越走越近了,但是看不见他;他的声音在漆黑的树林里回荡,仿佛影子在发出声响……

　　“来吧……来吧……你若是不来就不能休息。这个时候只是开始,你想啊,以后所有的时候就会像现在一样,全是我的叫声,传达情欲的声音……来吧!”

　　“你知道,你知道我会整晚悲鸣,不吃不喝,因为我沸腾的情欲就够我生活的,爱情令我更加健壮!来吧……”

　　“你不知道我是什么模样,这没有关系!我可以自豪地告诉你我的样子:我是一只大公猫,一身破衣烂衫度过十年,坚硬粗犷历经十载寒冬。由于一次旧伤,我的一条腿瘸了,我的鼻头被刀划伤留下一副丑陋的模样,而且我只有一只耳朵,还被我对手的利齿咬成了无数花边。"

"因为总是睡在地上,泥土给我身上着色。我游荡四方,我的脚掌上都是厚皮,走在小路上响得像狍子蹄足踏出的声音。我像狼那样行动,后身矮矬,拖着近乎光秃秃的尾巴。我肚子紧贴着,皮包骨头,最能诱拐施暴……我的丑陋令我犹若爱神,来吧……当我出现在你面前,你在我身上什么都不会认出来——除了爱神!"

"那时候,我的牙齿能咬弯你倔强的脖子,我能把你一身毛弄脏,当时我不会给你爱抚且只顾尽情撕咬,我会把你对居室的想念清除干净,而你就成了我日夜不断嚎叫的野伴……直到更黑的夜来临,你孤独的一个人度过吧,因为我已经厌倦了你,我已经神秘地逃跑了,去找那个我还未曾认识的女伴,我没有占有过的女伴。好,你回到你的居住地吧,饥饿,垂头丧气,满身污泥,双目呆滞,皮包骨头就像肚子里怀孕已经很沉重一样,你只好栖息在长期休眠中,经常喊着梦见我们昔日的爱情……来吧!……"

诺诺什倾听着,她的举止毫无异样,只是内心挣扎,纷乱异常。因为引诱者在黑影中还能看见他,而谎言则是恋爱中的女人最好的饰物……她仔细倾听,别的什么也没有做……

在她的篮子里,幽光唤醒了她的儿子,那个毛茸茸的小家伙,伸开脚爪四处摸索⋯⋯笨拙地挺起身子,趴坐在那里,满脸含有庄重。他游移不定的蓝眼珠,在阳光的折射下,也许一会儿变成了绿色、暗金色,由于心情不宁,显得略有浑浊。他想叫得响亮,于是张开鼻子,脸上花纹都聚在了鼻头,他默不作声,样子调皮笃定,他看见坐在台阶上的母亲杂色斑斑的后背。

小猫咪用四个胖墩墩的脚爪立起来,古老传统让其知道这种舞蹈,他竖起耳朵,斜肩,猛然一跳,扑到母亲身上,诺诺什完全没有料到⋯⋯真是胡闹!诺诺什几乎大叫起来,母子俩像疯子一般嬉闹到午饭!

她猛然反掌把儿子扔到了台阶下面,现在你看,她像雨水一样的拳头下来,打到儿子身上,还带有口水和瞪得滚圆的眼睛!⋯⋯小家伙头嗡嗡响,都是沙土,又挺身起来,感到十分震惊,又不敢问为什么,也不敢跟随已经不喂他奶的妈妈了。他很争气地走开了,沿着黑乎乎的小路,径向野物出没的丛林走去⋯⋯